사랑하는 라린이에게,

세상을 보는
올바른 insight를
갖기를 기원하며...

2018. 7.
아빠가...

André Gide

# Retour
# de l'U.R.S.S.

*suivi de*

Retouches
à mon « Retour de l'U.R.S.S. »

Gallimard

« Je naquis le 22 novembre 1869 », écrit André Gide dans *Si le grain ne meurt*.

Son père, professeur de droit romain, meurt alors qu'André Gide n'a pas onze ans. Il est élevé par sa mère qui lui transmet une rigueur toute protestante.

Passionné de littérature et de poésie, il se lie avec Pierre Louÿs — qui s'appelait encore Pierre Louis — et Paul Valéry. Ses premiers textes, *Les cahiers d'André Walter*, paraissent en 1891, suivis d'œuvres d'inspiration symboliste : *Le traité du Narcisse* (1891), *La tentative amoureuse* (1893) et *Paludes* (1895).

En 1897, après un long voyage en Afrique du Nord avec sa cousine qu'il a épousée en 1895, Gide publie *Les nourritures terrestres*. Commence alors une vie de voyages et d'écriture rythmée par la parution d'œuvres importantes : *L'immoraliste* (1902), *La porte étroite* (1909), *Les caves du Vatican* (1914), *La symphonie pastorale* (1919), *Si le grain ne meurt* (1921) et *Les faux-monnayeurs* (1925).

En 1909, il participe à la création de *La Nouvelle Revue Française* avec ses amis André Ruyters, Jacques Copeau, Jean Schlumberger et joue un rôle de plus en plus marquant dans la vie littéraire française.

Après la parution des *Faux-monnayeurs*, Gide s'embarque pour l'Afrique avec Marc Allégret. Ensemble ils visitent le Congo et le Tchad. À son retour, André Gide dénonce le colonialisme. Peu à peu la politique l'attire et il prend position. Éprouvant une sympathie croissante pour le communisme, il est invité en 1936 en U.R.S.S., mais dès son retour il proclame sa déception.

Durant toutes ces années, il publie des pages de son *Journal* dont le premier volume paraît dans la Bibliothèque de la Pléiade en 1939. Il passe une partie de la guerre de 1939-1945 dans le sud de la France puis en Afrique du Nord. En 1946, paraît son dernier grand texte, *Thésée*. Il est reçu docteur *honoris causa* de l'Université d'Oxford en 1947 et se voit attribuer, la même année, le prix Nobel de littérature.

Par son œuvre, ses prises de position, ses nombreuses amitiés et ses voyages, il exerce durant l'entre-deux-guerres et au-delà un véritable magistère.

Il meurt à Paris le 19 février 1951.

À LA MÉMOIRE DE
EUGÈNE DABIT
JE DÉDIE CES PAGES,
REFLETS DE CE QUE J'AI VÉCU
ET PENSÉ PRÈS DE LUI,
AVEC LUI.

# RETOUR DE L'U.R.S.S.

*(novembre 1936)*

*L'hymne homérique à Déméter raconte que la grande déesse, dans sa course errante à la recherche de sa fille, vint à la cour de Kéléos. Là, nul ne re-connaissait, sous les traits empruntés d'une niania, la déesse ; la garde d'un enfant dernier-né lui fut confiée par la reine Métaneire, du petit Démophoôn qui devint plus tard Triptolème, l'initiateur des tra-vaux des champs.*

*Toutes portes closes, le soir et tandis que la mai-son dormait, Déméter prenait Démophoôn, l'enle-vait de son berceau douillet et, avec une apparente cruauté, mais en réalité guidée par un immense amour et désireuse d'amener jusqu'à la divinité l'enfant, l'étendait nu sur un ardent lit de braises. J'imagine la grande Déméter penchée, comme sur l'humanité future, sur ce nourrisson radieux. Il sup-porte l'ardeur des charbons, et cette épreuve le forti-fie. En lui, je ne sais quoi de surhumain se prépare, de robuste et d'inespérément glorieux. Ah ! que ne* put Déméter poursuivre jusqu'au bout sa tentative hardie et mener à bien son défi ! Mais Métaneire inquiète, raconte la légende, fit irruption dans la chambre de l'expérience, faussement guidée par une maternelle crainte, repoussa la déesse et tout le surhumain qui se forgeait, écarta les braises et, pour sauver l'enfant, perdit le dieu.

# Avant-propos

J'ai déclaré, il y a trois ans, mon admiration pour l'U.R.S.S., et mon amour. Là-bas une expérience sans précédents était tentée qui nous gonflait le cœur d'espérance et d'où nous attendions un immense progrès, un élan capable d'entraîner l'humanité tout entière. Pour assister à ce renouveau, certes il vaut la peine de vivre, pensais-je, et de donner sa vie pour y aider. Dans nos cœurs et dans nos esprits nous attachions résolument au glorieux destin de l'U.R.S.S. l'avenir même de la culture ; nous l'avons maintes fois répété. Nous voudrions pouvoir le dire encore.

Déjà, avant d'y aller voir, de récentes décisions qui semblaient dénoter un changement d'orientation ne laissaient pas de nous inquiéter.

J'écrivais alors (octobre 1935) :

*C'est aussi, c'est beaucoup la bêtise et la malhonnêteté des attaques contre l'U.R.S.S. qui font*

*qu'aujourd'hui nous mettons quelque obstination
à la défendre. Eux, les aboyeurs, vont commencer à
l'approuver lorsque précisément nous cesserons de le
faire ; car ce qu'ils approuveront ce seront ses compromissions, ses transigeances et qui feront dire aux
autres : « Vous voyez bien ! » mais par où elle s'écar-
tera du but que d'abord elle poursuivait. Puisse notre
regard, en restant fixé sur ce but, ne point être
amené, par là même, à se détourner de l'U.R.S.S.*

(*N.R.F.* Mars 1936.)

Pourtant, jusqu'à plus ample informé m'entê-
tant dans la confiance et préférant douter de
mon propre jugement, quatre jours après mon
arrivée à Moscou je déclarais encore dans mon
discours sur la Place Rouge, à l'occasion des funérailles de Gorki : « Le sort de la culture est lié
dans nos esprits au destin même de l'U.R.S.S.
Nous la défendrons. »

J'ai toujours professé que le désir de demeurer
constant avec soi-même comportait trop souvent
un risque d'insincérité ; et j'estime que s'il importe d'être sincère c'est bien lorsque la foi d'un
grand nombre, avec la nôtre propre, est engagée.

Si je me suis trompé d'abord, le mieux est de
reconnaître au plus tôt mon erreur ; car je suis
responsable, ici, de ceux que cette erreur entraîne. Il n'y a pas, en ce cas, amour-propre qui

tienne ; et du reste j'en ai fort peu. Il y a des choses plus importantes à mes yeux que moi-même ; plus importantes que l'U.R.S.S. : c'est l'humanité, c'est son destin, c'est sa culture.

Mais m'étais-je trompé tout d'abord ? Ceux qui ont suivi l'évolution de l'U.R.S.S. depuis à peine un peu plus d'un an diront si c'est moi qui ai changé ou si ce n'est pas l'U.R.S.S. Et par : l'U.R.S.S. j'entends celui qui la dirige.

D'autres, plus compétents que moi, diront si ce changement d'orientation n'est peut-être qu'apparent et si ce qui nous apparaît comme une dérogation n'est pas une conséquence fatale de certaines dispositions antérieures.

L'U.R.S.S. est « en construction », il importe de se le redire sans cesse. Et de là l'exceptionnel intérêt d'un séjour sur cette immense terre en gésine : il semble qu'on y assiste à la parturition du futur.

Il y a là-bas du bon et du mauvais ; je devrais dire : de l'excellent et du pire. L'excellent fut obtenu, au prix, souvent, d'un immense effort. L'effort n'a pas toujours et partout obtenu ce qu'il prétendait obtenir. Parfois l'on peut penser : pas encore. Parfois le pire accompagne et double le meilleur ; on dirait presque qu'il en est la conséquence. Et l'on passe du plus lumineux au plus sombre avec une brusquerie déconcertante. Il arrive souvent que le voyageur, selon des convictions préétablies, ne soit sensible qu'à l'un ou qu'à l'autre. Il arrive trop souvent que les amis de l'U.R.S.S. se refusent à voir le mauvais, ou du moins à le reconnaître ; de sorte que, trop souvent, la vérité sur l'U.R.S.S. est dite avec haine, et le mensonge avec amour.

Or, mon esprit est ainsi fait que son plus de sévérité s'adresse à ceux que je voudrais pouvoir approuver toujours. C'est témoigner mal son amour que le borner à la louange et je pense rendre plus grand service à l'U.R.S.S. même et à la cause que pour nous elle représente, en parlant sans feinte et sans ménagement. C'est en raison même de mon admiration pour l'U.R.S.S. et pour les prodiges accomplis par elle déjà, que vont s'élever mes critiques ; en raison aussi de ce que nous attendons encore d'elle ; en raison surtout de ce qu'elle nous permettrait d'espérer.

Qui dira ce que l'U.R.S.S. a été pour nous ? Plus qu'une patrie d'élection : un exemple, un guide. Ce que nous rêvions, que nous osions à peine espérer mais à quoi tendaient nos volontés, nos forces, avait eu lieu là-bas. Il était donc une terre où l'utopie était en passe de devenir réalité. D'immenses accomplissements déjà nous emplissaient le cœur d'exigence. Le plus difficile était fait déjà, semblait-il, et nous nous aventurions joyeusement dans cette sorte d'engagement pris avec elle au nom de tous les peuples souffrants.

Jusqu'à quel point, dans une faillite, nous sentirions-nous de même engagés ? Mais la seule idée d'une faillite est inadmissible.

Si certaines promesses tacites n'étaient pas tenues, que fallait-il incriminer ? En fallait-il tenir pour responsables les premières directives, ou plutôt les écarts mêmes, les infractions, les accommodements si motivés qu'ils fussent ?...

Je livre ici mes réflexions personnelles sur ce que l'U.R.S.S. prend plaisir et légitime orgueil à montrer et sur ce que, à côté de cela, j'ai pu voir. Les réalisations de l'U.R.S.S. sont, le plus souvent, admirables. Dans des contrées entières elle présente l'aspect déjà riant du bonheur. Ceux qui m'approuvaient de chercher, au Congo, quittant l'auto des gouverneurs, à entrer avec tous et n'importe qui en contact direct pour m'instruire, me reprocheront-ils d'avoir apporté en U.R.S.S. un semblable souci et de ne me laisser point éblouir ?

Je ne me dissimule pas l'apparent avantage que les partis ennemis — ceux pour qui « l'amour de l'ordre se confond avec le goût des tyrans[1] » — vont prétendre tirer de mon livre. Et voici qui

1. Tocqueville, *De la démocratie en Amérique* (Introduction).

m'eût retenu de le publier, de l'écrire même, si ma conviction ne restait intacte, inébranlée, que d'une part l'U.R.S.S. finira bien par triompher des graves erreurs que je signale ; d'autre part, et ceci est plus important, que les erreurs particulières d'un pays ne peuvent suffire à compromettre la vérité d'une cause internationale, universelle. Le mensonge, fût-ce celui du silence, peut paraître opportun, et opportune la persévérance dans le mensonge, mais il fait à l'ennemi trop beau jeu, et la vérité, fût-elle douloureuse, ne peut blesser que pour guérir.

# I

En contact direct avec un peuple de travailleurs, sur les chantiers, dans les usines ou dans les maisons de repos, dans les jardins, les « parcs de culture », j'ai pu goûter des instants de joie profonde. J'ai senti parmi ces camarades nouveaux une fraternité subite s'établir, mon cœur se dilater, s'épanouir. C'est aussi pourquoi les photographies de moi que l'on a prises là-bas me montrent plus souriant, plus riant même, que je ne puis l'être souvent en France. Et que de fois, là-bas, les larmes me sont venues aux yeux, par excès de joie, larmes de tendresse et d'amour : par exemple, à cette maison de repos des ouvriers mineurs de Dombas aux environs immédiats de Sotchi… Non, non ! il n'y avait là rien de convenu, d'apprêté ; j'étais arrivé brusquement, un soir, sans être annoncé ; mais aussitôt j'avais senti près d'eux la confiance.

Et cette visite inopinée dans ce campement

d'enfants, près de Borjom, tout modeste, humble presque, mais où les enfants, rayonnants de bonheur, de santé, semblaient vouloir m'offrir leur joie. Que raconter ? Les mots sont impuissants à se saisir d'une émotion si profonde et si simple… Mais pourquoi parler de ceux-ci plutôt que de tant d'autres ? Poètes de Géorgie, intellectuels, étudiants, ouvriers surtout, je me suis épris pour nombre d'entre eux d'une affection vive, et sans cesse je déplorais de ne connaître point leur langue. Mais déjà se lisait tant d'éloquence affectueuse dans les sourires, dans les regards, que je doutais alors si des paroles y eussent pu beaucoup ajouter. Il faut dire que j'étais présenté partout là-bas comme un ami : ce qu'exprimaient encore les regards de tous, c'est une sorte de reconnaissance. Je voudrais la mériter plus encore ; et cela aussi me pousse à parler.

Ce que l'on vous montre le plus volontiers, ce sont les plus belles réussites ; il va sans dire et cela est tout naturel ; mais il nous est arrivé maintes fois d'entrer à l'improviste dans des écoles de village, des jardins d'enfants, des clubs, que l'on ne songeait point à nous montrer et qui sans doute ne se distinguaient en rien de beaucoup d'autres. Et ce sont ceux que j'ai le plus admirés, précisément parce que rien n'y était préparé pour la montre.

Les enfants, dans tous les campements de pionniers que j'ai vus, sont beaux, bien nourris (cinq repas par jour), bien soignés, choyés même, joyeux. Leur regard est clair, confiant ; leurs rires sont sans malignité, sans malice ; on pourrait, en tant qu'étranger, leur paraître un peu ridicule : pas un instant je n'ai surpris, chez aucun d'eux, la moindre trace de moquerie.

Cette même expression de bonheur épanoui, nous la retrouverons souvent chez les aînés, également beaux, vigoureux. Les « parcs de culture » où ils s'assemblent au soir, la journée de travail achevée, sont d'incontestables réussites ; entre tous, celui de Moscou.

J'y suis retourné souvent. C'est un endroit où l'on s'amuse ; comparable à un *Luna-Park* qui serait immense. Aussitôt la porte franchie on se sent tout dépaysé. Dans cette foule de jeunes gens, hommes et femmes, partout le sérieux, la décence ; pas le moindre soupçon de rigolade bête ou vulgaire, de gaudriole, de grivoiserie, ni même de flirt. On respire partout une sorte de ferveur joyeuse. Ici, des jeux sont organisés ; là, des danses ; d'ordinaire un animateur ou une animatrice y préside et les règle, et tout se passe avec un ordre parfait. D'immenses rondes se forment où chacun pourrait prendre part ; mais les spectateurs sont toujours beaucoup plus nombreux que les danseurs. Puis ce sont des danses et des chants populaires, soutenus et accompagnés le plus souvent par un simple accordéon. Ici, dans cet espace enclos et pourtant d'accès libre, des amateurs s'exercent à diverses acrobaties ; un entraîneur surveille les « sauts périlleux », conseille et guide ; plus loin, des appareils de gymnastique, des agrès ; l'on attend patiemment son tour ; l'on s'entraîne. Un grand espace est réservé aux terrains de *volley ball* ; et je ne me lasse pas de contempler la robustesse, la grâce et la beauté des joueurs. Plus loin ce sont les jeux tranquilles : échecs, dames et quantité de menus jeux d'adresse ou de patience, dont certains que je ne connaissais pas, extrêmement ingénieux ; comme aussi quantité de jeux exerçant la force, la souplesse ou l'agilité, que je n'avais vus nulle part et que je ne puis chercher à décrire, mais dont quelques-uns auraient certainement grand succès chez nous. De quoi vous occuper pendant des heures. Il y en a pour les adultes, d'autres pour les enfants. Les tout-petits ont leur domaine à part, où ils trouvent de petites maisons, de petits trains, de petits bateaux, de petites automobiles et quantité de menus instruments à leur taille. Dans une grande allée et faisant suite aux jeux tranquilles (qui toujours ont tant d'amateurs qu'il faut parfois attendre longtemps pour trouver, à son tour, une table libre), sur des panneaux de bois, des tableaux proposent rébus, énigmes et devinettes. Tout cela, je le répète, sans la moindre vulgarité ; et toute cette foule immense, d'une tenue parfaite, respire l'honnêteté, la dignité, la décence ; sans contrainte aucune d'ailleurs et tout naturellement. Le public, en plus des enfants, est presque uniquement composé d'ouvriers qui viennent là s'entraîner aux sports, se reposer, s'amuser ou s'instruire (car il y a aussi des salles de lecture, de conférences, des cinémas, des bibliothèques, etc.). Sur la Moskova, des piscines. Et, de-ci, de-là, dans cet immense parc, de minuscules estrades où pérore un professeur improvisé ; ce sont des leçons de choses, d'histoire ou de géographie avec tableaux à l'appui ; ou même de médecine pratique, de physiologie, avec grand renfort de planches anatomiques, etc. On écoute avec un grand sérieux. Je l'ai dit, je n'ai surpris nulle part le moindre essai de moquerie[1].

Mais voici mieux : un petit théâtre en plein air ; dans la salle ouverte, quelque cinq cents auditeurs,

---

1. « Et vous trouvez que c'est un bien ? » s'écrie mon ami X..., à qui je disais cela. « Moquerie, ironie, critique, tout se tient. L'enfant incapable de moquerie fera l'adolescent crédule et soumis, dont plus tard vous, moqueur, critiquerez le "conformisme". J'en tiens pour la gouaille française, dût-elle s'exercer à mes dépens. »

entassés (pas une place vide), écoutent, dans un silence religieux, un acteur réciter du Pouchkine (un chant d'*Eugène Onéguine*). Dans un coin du parc, près de l'entrée, le quartier des parachutistes. C'est un sport fort goûté là-bas. Toutes les deux minutes, un des trois parachutes, détaché du haut d'une tour de quarante mètres, dépose un peu brutalement sur le sol un nouvel amateur. Allons ! qui s'y risque ? On s'empresse ; on attend son tour ; on fait la queue. Et je ne parle pas du grand théâtre de verdure où, pour certains spectacles, s'assemblent près de vingt mille spectateurs.

Le parc de culture de Moscou est le plus vaste et le mieux fourni d'attractions diverses ; celui de Leningrad, le plus beau. Mais chaque ville en U.R.S.S., à présent, possède son parc de culture, en plus de ses jardins d'enfants.

J'ai également visité, il va sans dire, plusieurs usines. Je sais et me répète que, de leur bon fonctionnement dépend l'aisance générale et la joie. Mais je n'en pourrais parler avec compétence. D'autres s'en sont chargés ; je m'en rapporte à leurs louanges. Les questions psychologiques seules sont de mon ressort ; c'est d'elles, surtout et presque uniquement, que je veux ici m'occuper. Si j'aborde de biais les questions sociales, c'est encore au point de vue psychologique que je me placerai.

L'âge venant, je me sens moins de curiosité pour les paysages, beaucoup moins, et si beaux qu'ils soient ; mais de plus en plus pour les hommes. En U.R.S.S. le peuple est admirable ; celui de Géorgie, de Kakhétie, d'Abkhasie, d'Ukraine (je ne parle que de ce que j'ai vu), et plus encore, à mon goût, celui de Leningrad et de la Crimée.

J'ai assisté aux fêtes de la jeunesse de Moscou, sur la Place Rouge. Les bâtiments qui font face au Kremlin dissimulaient leur laideur sous un masque de banderoles et de verdure. Tout était splendide, et même (je me hâte de le dire ici, car je ne pourrai le dire toujours), d'un goût parfait. Venue du nord et du sud, de l'est et de l'ouest, une jeunesse admirable paradait. Le défilé dura des heures. Je n'imaginais pas un spectacle aussi magnifique. Évidemment, ces êtres parfaits avaient été entraînés, préparés, choisis entre tous ; mais comment n'admirer point un pays et un régime capables de les produire ?

J'avais vu la Place Rouge, quelques jours auparavant, lors des funérailles de Gorki. J'avais vu ce même peuple, le même peuple et pourtant tout différent, et ressemblant plutôt, j'imagine, au peuple russe du temps des tsars, défiler longuement, interminablement, dans la grande Salle des Colonnes, devant le catafalque. Cette fois ce n'était pas les plus beaux, les plus forts, les plus joyeux représentants de ces peuples soviétiques, mais un « tout venant » douloureux, comprenant femmes, enfants surtout, vieillards parfois, presque tous mal vêtus et paraissant parfois très misérables. Un défilé silencieux, morne, recueilli, qui semblait venir du passé et qui, dans un ordre parfait, dura certainement beaucoup plus longtemps que l'autre, que le défilé glorieux. Je restai moi-même très longtemps à le contempler. Qu'était Gorki pour tous ces gens ? Je ne sais trop : un maître ? un camarade ? un frère ?... C'était, en tout cas, quelqu'un de mort. Et sur tous les visages, même ceux des plus jeunes enfants, se lisait une sorte de stupeur attristée, mais aussi, mais surtout une force de sympathie rayonnante. Il ne s'agissait plus ici de beauté physique, mais un très grand nombre de pauvres gens que je voyais passer offraient à mes regards quelque chose de plus admirable encore que la beauté ; et combien d'entre eux j'eusse voulu presser sur mon cœur !

Aussi bien nulle part autant qu'en U.R.S.S. le contact avec tous et n'importe qui ne s'établit plus aisément, immédiat, profond, chaleureux. Il se tisse aussitôt — parfois un regard y suffit — des liens de sympathie violente. Oui, je ne pense pas que nulle part, autant qu'en U.R.S.S., l'on puisse éprouver aussi profondément et aussi fort le sentiment de l'humanité. En dépit des différences de langue, je ne m'étais jamais encore et nulle part senti aussi abondamment camarade et frère ; et je donnerais les plus beaux paysages du monde pour cela.

Des paysages, je parlerai pourtant ; mais je raconterai d'abord notre premier contact avec une bande de « Komsomols[1] ».

C'était dans le train qui nous menait de Moscou à Ordjonikidze (l'ancien Vladicaucase). Le trajet est long. Au nom de l'Union des Écrivains Soviétiques, Michel Koltzov avait mis à notre disposition un très confortable wagon spécial. Nous y étions inespérément bien installés tous les six : Jef Last, Guilloux, Herbart, Schiffrin, Dabit et moi ; avec notre interprète-compagne, la fidèle camarade Bola. En plus de nos compartiments à couchettes, nous disposions d'un salon où l'on nous servait nos repas. On ne peut mieux. Mais ce qui ne nous plaisait guère, c'était de ne pouvoir communiquer avec le reste du train. Aux premiers arrêts, nous étions descendus sur le quai pour nous convaincre qu'une compagnie particulièrement plaisante occupait le wagon voisin. C'était une bande de Komsomols en vacances, partis pour le

1. Jeunesse communiste.

Caucase avec l'espoir d'escalader le mont Kasbek. Nous obtînmes enfin que les portes de séparation fussent ouvertes, et, sitôt après, nous prîmes contact avec nos charmants voisins. J'avais emporté de Paris quantité de petits jeux d'adresse, très différents de ceux que l'on connaît en U.R.S.S. Ils me servent occasionnellement à entrer en relations avec ceux dont je ne comprends pas la langue. Ces petits jeux passèrent de main en main. Jeunes gens et jeunes filles s'y exercèrent et n'eurent de cesse qu'ils n'eussent triomphé de toutes les difficultés proposées. « Un Komsomol ne se tient jamais pour battu », nous disaient-ils en riant. Leur wagon était fort étroit ; il faisait particulièrement chaud ce jour-là ; tous entassés les uns contre les autres, on étouffait ; c'était charmant.

Je dois ajouter que, pour nombre d'entre eux, je n'était pas un inconnu. Certains avaient lu de mes livres (le plus souvent c'était *Le Voyage au Congo*) et comme, à la suite de mon discours sur la Place Rouge à l'occasion des funérailles de Gorki, tous les journaux avaient publié mon portrait, ils m'avaient aussitôt reconnu et se montraient extrêmement sensibles à l'attention que je leur portais ; mais pas plus que je ne l'étais moi-même aux témoignages de leur sympathie. Bientôt une grande discussion s'engagea. Jef Last, qui comprend fort bien le russe et le parle, nous expliqua que les petits jeux introduits par moi leur paraissaient charmants, mais qu'ils se demandaient s'il était bien séant qu'André Gide lui-même s'en amusât. Jef Last dut arguer que ce petit divertissement servait à lui reposer les méninges. Car un vrai Komsomol, toujours tendu vers le service, juge tout d'après son utilité. Oh ! sans pédanterie, du reste, et cette discussion même, coupée de rires, était un jeu. Mais, comme l'air respirable manquait un peu dans leur wagon, nous invitâmes une dizaine d'entre eux à passer dans le nôtre, où la soirée se prolongea dans des chants et même des danses populaires que la dimension du salon permettait. Cette soirée restera pour mes compagnons et pour moi l'un des meilleurs souvenirs du voyage. Et nous doutions si dans quelque autre pays on peut connaître une aussi brusque et naturelle cordialité, si dans aucun autre pays la jeunesse est aussi charmante[1].

J'ai dit que je m'intéressais moins aux paysages... J'aurais voulu raconter pourtant les admi-

---

1. Ce qui me plaît aussi en U.R.S.S., c'est l'extraordinaire prolongement de la jeunesse ; ce à quoi, particulièrement en France (mais je crois bien : dans tous nos pays latins), nous sommes si peu habitués. La jeunesse est riche de promesses ; un adolescent de chez nous cesse vite de promettre pour tenir. Dès quatorze ans déjà tout se fige. L'étonnement devant la vie ne se lit plus sur le visage, ni plus la moindre naïveté. L'enfant devient presque aussitôt Jeune Homme. Les jeux sont faits.

rables forêts du Caucase, celle à l'entrée de la
Kakhétie, celle des environs de Batoum, celle surtout de Bakouriani au-dessus de Borjom ; je n'en
connaissais pas, je n'en imagine pas, de plus belles : aucun bois taillis n'y cache les fûts des grands
arbres ; forêts coupées de clairières mystérieuses
où le soir tombe avant la fin du jour, et l'on imagine le petit Poucet s'y perdant. Nous avions traversé cette forêt merveilleuse en nous rendant à
un lac de montagne et l'on nous fit l'honneur de
nous affirmer que jamais aucun étranger encore
n'y était venu. Point n'était besoin de cela pour
me le faire trouver admirable. Sur ses bords sans
arbres, un étrange petit village (Tabatzkouri) en-
seveli neuf mois de l'année sous la neige et que
j'aurais pris plaisir à décrire... Ah ! que n'étais-je
venu simplement en touriste ! ou en naturaliste
ravi de découvrir là-bas quantité de plantes nouvelles, de reconnaître sur les hauts plateaux la
« scabieuse du Caucase » de mon jardin... Mais
ce n'est point là ce que je suis venu chercher en
U.R.S.S. Ce qui m'y importe c'est l'homme, les
hommes, et ce qu'on en peut faire, et ce qu'on en
a fait. La forêt qui m'y attire, affreusement touffue
et où je me perds, c'est celle des questions sociales.
En U.R.S.S. elles vous sollicitent, et vous pressent,
et vous oppressent de toutes parts.

## II

De Leningrad j'ai peu vu les quartiers nouveaux. Ce que j'admire en Leningrad, c'est Saint-Pétersbourg. Je ne connais pas de ville plus belle ; pas de plus harmonieuses fiançailles de la pierre, du métal[1] et de l'eau. On la dirait rêvée par Pouchkine ou par Baudelaire. Parfois aussi, elle rappelle des peintures de Chirico. Les monuments y sont de proportions parfaites, comme les thèmes dans une symphonie de Mozart. « Là tout n'est qu'ordre et beauté. » L'esprit s'y meut avec aisance et joie.

Je ne suis guère en humeur de parler du prodigieux musée de l'Ermitage ; tout ce que j'en pourrais dire me paraîtrait insuffisant. Pourtant, je voudrais louer en passant le zèle intelligent qui, chaque fois qu'il se pouvait, groupe autour d'un tableau tout ce qui, du même maître, peut

1. Coupoles de cuivre et flèches d'or.

nous instruire : études, esquisses, croquis, ce qui explique la lente formation de l'œuvre.

En revenant de Leningrad, la disgrâce de Moscou frappe plus encore. Même elle exerce son action opprimante et déprimante sur l'esprit. Les bâtiments, à quelques rares exceptions près, sont laids (pas seulement les plus modernes), et ne tiennent aucun compte les uns des autres. Je sais bien que Moscou se transforme de mois en mois ; c'est une ville en formation ; tout l'atteste et l'on y respire partout le devenir. Mais je crains qu'on ne soit mal parti. On taille, on défonce, on sape, on supprime, l'on reconstruit, et tout cela comme au hasard. Et Moscou reste, malgré sa laideur, une ville attachante entre toutes : elle vit puissamment. Cessons de regarder les maisons : ce qui m'intéresse ici, c'est la foule.

Durant les mois d'été presque tout le monde est en blanc. Chacun ressemble à tous. Nulle part, autant que dans les rues de Moscou, n'est sensible le résultat du nivellement social : une société sans classes, dont chaque membre paraît avoir les mêmes besoins. J'exagère un peu ; mais à peine. Une extraordinaire uniformité règne dans les mises ; sans doute elle paraîtrait également dans les esprits, si seulement on pouvait les voir. Et c'est aussi ce qui permet à chacun d'être et de paraître joyeux. (On a si longuement manqué de tout qu'on est content de peu de chose. Quand le voisin n'a pas davantage on se contente de ce qu'on a.) Ce n'est qu'après mûr examen qu'apparaissent les différences. À première vue l'individu se fond ici dans la masse, est si peu particularisé qu'il semble qu'on devrait, pour parler des gens, user d'un partitif et dire non point : des hommes, mais : de l'homme.

Dans cette foule, je me plonge ; je prends un bain d'humanité.

Que font ces gens, devant ce magasin ? Ils font la queue ; une queue qui s'étend jusqu'à la rue prochaine. Ils sont là de deux à trois cents, très calmes, patients, qui attendent. Il est encore tôt ; le magasin n'a pas ouvert ses portes. Trois quarts d'heure plus tard, je repasse : la même foule est encore là. Je m'étonne : que sert d'arriver à l'avance ? Qu'y gagne-t-on ?

— Comment, ce qu'on y gagne ?... Les premiers sont les seuls servis.

Et l'on m'explique que les journaux ont annoncé un grand arrivage de... je ne sais quoi (je crois que, ce jour-là, c'étaient des coussins). Il y a peut-être quatre ou cinq cents objets, pour lesquels se présenteront huit cents, mille ou quinze cents amateurs. Bien avant le soir, il n'en restera plus un seul. Les besoins sont si grands et le public est si nombreux, que la demande, durant longtemps encore, l'emportera sur l'offre, et l'emportera de beaucoup. On ne parvient pas à suffire.

Quelques heures plus tard, je pénètre dans le magasin. Il est énorme. Dedans c'est une incroyable cohue. Les vendeurs, du reste, ne s'affolent pas, car, autour d'eux, pas le moindre signe d'impatience ; chacun attend son tour, assis ou debout, parfois avec un enfant sur les bras, sans numéro d'ordre et pourtant sans aucun désordre. On passera là, s'il le faut, sa matinée, sa journée ; dans un air qui, pour celui qui vient du dehors, paraît d'abord irrespirable ; puis on s'y fait, comme on se fait à tout. J'allais écrire : on se résigne. Mais le Russe est bien mieux que résigné : il semble prendre plaisir à attendre, et vous fait attendre à plaisir.

Fendant la foule ou porté par elle, j'ai visité du haut en bas, de long en large, le magasin. Les marchandises sont, à bien peu près, rebutantes. On pourrait croire, même, que, pour modérer les appétits, étoffes, objets, etc., se fassent inattrayants au possible, de sorte qu'on achèterait par grand besoin mais non jamais par gourmandise. J'aurais voulu rapporter quelques « souvenirs » à des amis ; tout est affreux. Pourtant, depuis quelques mois, me dit-on, un grand effort a été tenté ; un effort vers la qualité ; et l'on parvient, en cherchant

bien et en y consacrant le temps nécessaire, à découvrir de-ci, de-là, de récentes fournitures fort
plaisantes et rassurantes pour l'avenir. Mais pour
s'occuper de la qualité il faut d'abord que la
quantité suffise ; et durant longtemps elle ne suffisait pas ; elle y parvient enfin, mais à peine. Du
reste les peuples de l'U.R.S.S. semblent s'épren-
dre de toutes les nouveautés proposées, même de
celles qui paraissent laides à nos yeux d'Occiden-
taux. L'intensification de la production permettra bientôt, je l'espère, la sélection, le choix, la
persistance du meilleur et la progressive élimina-
tion des produits de qualité inférieure.

Cet effort vers la qualité porte surtout sur la
nourriture. Il reste encore dans ce domaine fort à
faire. Mais, lorsque nous déplorons la mauvaise
qualité de certaines denrées, Jef Last qui en est à
son quatrième voyage en U.R.S.S., et dont le
précédent séjour là-bas remonte à deux ans,
s'émerveille au contraire des prodigieux progrès
récemment accomplis. Les légumes et les fruits
en particulier sont encore, sinon mauvais du moins
médiocres à quelques rares exceptions près. Ici,
comme partout, l'exquis cède à l'ordinaire, c'est-
à-dire au plus abondant. Une prodigieuse quantité de melons ; mais sans saveur. L'impertinent
proverbe persan, que je n'ai entendu citer, et ne
veux citer, qu'en anglais : « *Women for duty, boys*

*for pleasure, melons for delight* », ici porte à faux.
Le vin est souvent bon (je me souviens, en particulier, des crus exquis de Tznandali, en Kakhétie) ; la bière passable. Certains poissons fumés (à
Leningrad) sont excellents, mais ne supportent
pas le transport.

Tant que l'on n'avait pas le nécessaire, on ne
pouvait s'occuper raisonnablement du superflu. Si
l'on n'a pas fait plus, en U.R.S.S., pour la gourmandise, ou pas plus tôt, c'est que trop d'appétits
n'étaient pas encore rassasiés.

Le goût, du reste, ne s'affine que si la comparaison est permise ; et il n'y avait pas à choisir.
Pas de « X habille mieux ». Force est ici de préférer
ce que l'on vous offre ; c'est à prendre ou à laisser. Du moment que l'État est à la fois fabricant,
acheteur et vendeur, le progrès de la qualité reste
en raison du progrès de la culture.

Alors je pense (en dépit de mon anticapita-
lisme) à tous ceux de chez nous qui, du grand in-
dustriel au petit commerçant, se tourmentent et
s'ingénient : qu'inventer qui flatterait le goût du
public ? Avec quelle subtile astuce chacun d'eux
cherche à découvrir par quel raffinement il pourra
supplanter un rival ! De tout cela, l'État n'a cure,
car l'État n'a pas de rival. La qualité ? — « À
quoi bon, s'il n'y a pas de concurrence », nous a-

t-on dit. Et c'est ainsi que l'on explique trop aisément la mauvaise qualité de tout, en U.R.S.S., et l'absence de goût du public. Eût-il « du goût », il ne pourrait le satisfaire. Non ; ce n'est plus d'une rivalité mais bien d'une exigence à venir, développée progressivement par la culture, que dépend ici le progrès. En France, tout irait sans doute plus vite, car l'exigence existe déjà.

Pourtant, ceci encore : chaque État soviétique avait son art populaire ; qu'est-il devenu ? Une grande tendance égalitaire refusa durant longtemps d'en tenir compte. Mais ces arts régionaux reviennent en faveur et maintenant on les protège, on les restaure, on semble comprendre leur irremplaçable valeur. N'appartiendrait-il pas à une direction intelligente de se ressaisir d'anciens modèles, pour l'impression de tissus par exemple, et de les imposer, de les offrir du moins, au public. Rien de plus bêtement bourgeois, petit-bourgeois, que les productions d'aujourd'hui. Les étalages aux devantures des magasins de Moscou sont consternants. Tandis que les toiles d'autrefois, imprimées au pochoir, étaient très belles. Et c'était de l'art populaire ; mais c'était de l'artisanat.

Je reviens au peuple de Moscou. Ce qui frappe d'abord c'est son extraordinaire indolence. Paresse

serait sans doute trop dire... Mais le « stakhanovisme » a été merveilleusement inventé pour se-
couer le nonchaloir (on avait le knout autrefois).
Le stakhanovisme serait inutile dans un pays où
tous les ouvriers travaillent. Mais là-bas, dès
qu'on les abandonne à eux-mêmes, les gens, pour
la plupart, se relâchent. Et c'est merveille que
malgré cela tout se fasse. Au prix de quel effort
des dirigeants, c'est ce que l'on ne saurait trop
dire. Pour bien se rendre compte de l'énormité
de cet effort, il faut avoir pu d'abord apprécier le
peu de « rendement » naturel du peuple russe.

Dans une des usines que nous visitons, qui
fonctionne à merveille (je n'y entends rien ; j'admire de confiance les machines ; mais m'extasie
sans arrière-pensée devant le réfectoire, le club
des ouvriers, leurs logements, tout ce que l'on a
fait pour leur bien-être, leur instruction, leur
plaisir), on me présente un stakhanoviste, dont
j'avais vu le portrait énorme affiché sur un mur.
Il est parvenu, me dit-on, à faire en cinq heures
le travail de huit jours (à moins que ce ne soit en
huit heures, le travail de cinq jours ; je ne sais
plus). Je me hasarde à demander si cela ne revient pas à dire que, d'abord, il mettait huit jours
à faire le travail de cinq heures ? Mais ma question est assez mal prise et l'on préfère ne pas y répondre.

Je me suis laissé raconter qu'une équipe de mineurs français, voyageant en U.R.S.S. et visitant une mine, a demandé, par camaraderie, à relayer une équipe de mineurs soviétiques et qu'aussitôt, sans autrement se fouler, sans s'en douter, ils ont fait du stakhanovisme.

Et l'on en vient à se demander ce que, avec le tempérament français, le zèle, la conscience et l'éducation de nos travailleurs, le régime soviétique n'arriverait pas à donner.

Il n'est que juste d'ajouter, sur ce fond de grisaille, en plus des stakhanovistes, toute une jeunesse fervente, *keen at work*, levain joyeux et propre à faire lever la pâte.

Cette inertie de la masse me paraît avoir été, être encore, une des plus importantes, des plus graves données du problème que Staline avait à résoudre. De là, les « ouvriers de choc » (Udarniks) ; de là, le stakhanovisme. Le rétablissement de l'inégalité des salaires y trouve également son explication.

Nous visitons aux environs de Soukhoum un kolkhoze modèle. Il est vieux de six ans. Après avoir péniblement végété les premiers temps, c'est aujourd'hui l'un des plus prospères. On l'appelle le « millionnaire ». Tout y respire la félicité. Ce kolkhoze s'étend sur un très vaste espace. Le climat aidant, la végétation y est luxuriante. Cha-

que habitation, construite en bois, montée sur
échasses qui l'écartent du sol, est pittoresque,
charmante ; un assez grand jardin l'entoure, empli
d'arbres fruitiers, de légumes, de fleurs. Ce kolkhoze a pu réaliser, l'an dernier, des bénéfices extraordinaires, lesquels ont permis d'importantes
réserves ; ont permis d'élever à seize roubles cinquante le taux de la journée de travail. Comment
ce chiffre est-il fixé ? Exactement par le même
calcul qui, si le kolkhoze était une entreprise
agricole capitaliste, dicterait le montant des divi-
dendes à distribuer aux actionnaires. Car ceci reste
acquis : il n'y a plus en U.R.S.S. l'exploitation
d'un grand nombre pour le profit de quelques-
uns. C'est énorme. Ici nous n'avons plus d'actionnaires ; ce sont les ouvriers eux-mêmes (ceux
du kolkhoze il va sans dire) qui se partagent les
bénéfices, sans aucune redevance à l'État[1]. Cela
serait parfait s'il n'y avait pas d'autres kolkhozes,
pauvres ceux-là, et qui ne parviennent pas à join-
dre les deux bouts. Car, si j'ai bien compris, chaque kolkhoze a son autonomie, et il n'est point

---

1. C'est du moins ce qui m'a été plusieurs fois affirmé.
Mais je tiens tous les « renseignements », tant que non contrô-
lés, pour suspects, comme ceux qu'on obtient dans les colonies. J'ai peine à croire que ce kolkhoze soit privilégié au point
d'échapper à la redevance de 7 % sur la production brute qui
pèse sur les autres kolkhozes ; sans compter de 35 à 39 roubles
de capitation.

question d'entraide. Je me trompe peut-être ? Je souhaite de m'être trompé[1].

J'ai visité plusieurs des habitations de ce kolkhoze très prospère[2]... Je voudrais exprimer la bizarre et attristante impression qui se dégage de chacun de ces « intérieurs » : celle d'une complète dépersonnalisation. Dans chacun d'eux les mêmes vilains meubles, le même portrait de Staline, et absolument rien d'autre ; pas le moindre objet, le moindre souvenir personnel. Chaque demeure est interchangeable ; au point que les kolkhoziens, interchangeables eux-mêmes semble-t-il, déménageraient de l'une à l'autre sans même s'en apercevoir[3]. Le

1. Je relègue en appendice quelques renseignements plus précis. J'en avais pris bien d'autres. Mais les chiffres ne sont point ma partie, et les questions proprement économiques échappent à ma compétence. De plus, si ces renseignements sont très précisément ceux que l'on m'a donnés, je ne puis pourtant pas en garantir l'exactitude. L'habitude des colonies m'a appris à me méfier des « renseignements ». Enfin, et surtout, ces questions ont été déjà suffisamment traitées par des spécialistes ; je n'ai pas à y revenir.

2. Dans nombre d'autres, il n'est point question de demeures particulières ; les gens couchent dans des dortoirs, des « chambrées ».

3. Cette impersonnalité de chacun me permet de supposer aussi que ceux qui couchent dans des dortoirs souffrent de la promiscuité et de l'absence de recueillement possible beaucoup moins que s'ils étaient capables d'individualisation. Mais cette dépersonnalisation, à quoi tout, en U.R.S.S., semble tendre, peut-elle être considérée comme un progrès ? Pour ma part, je ne puis le croire.

bonheur est ainsi plus facilement obtenu certes !
C'est aussi, me dira-t-on, que le kolkhozien prend
tous ses plaisirs en commun. Sa chambre n'est
plus qu'un gîte pour y dormir ; tout l'intérêt de
sa vie a passé dans le club, dans le parc de culture,
dans tous les lieux de réunion. Que peut-on souhaiter de mieux ? Le bonheur de tous ne s'obtient
qu'en désindividualisant chacun. Le bonheur de
tous ne s'obtient qu'aux dépens de chacun. Pour
être heureux, soyez conformes.

# III

En U.R.S.S. il est admis d'avance et une fois pour toutes que, sur tout et n'importe quoi, il ne saurait y avoir plus d'une opinion. Du reste, les gens ont l'esprit ainsi façonné que ce conformisme leur devient facile, naturel, insensible, au point que je ne pense pas qu'il y entre de l'hypocrisie. Sont-ce vraiment ces gens-là qui ont fait la révolution ? Non ; ce sont ceux-là qui en profitent. Chaque matin, la *Pravda* leur enseigne ce qu'il sied de savoir, de penser, de croire. Et il ne fait pas bon sortir de là ! De sorte que, chaque fois que l'on converse avec un Russe, c'est comme si l'on conversait avec tous. Non point que chacun obéisse précisément à un mot d'ordre ; mais tout est arrangé de manière qu'il ne puisse pas dissembler. Songez que ce façonnement de l'esprit commence dès la plus tendre enfance... De là d'extraordinaires acceptations dont parfois, étranger, tu t'étonnes, et certaines

possibilités de bonheur qui te surprennent plus
encore.

Tu plains ceux-ci de faire la queue durant des
heures ; mais eux trouvent tout naturel d'attendre. Le pain, les légumes, les fruits te paraissent
mauvais ; mais il n'y en a point d'autres. Ces étoffes, ces objets que l'on te présente, tu les trouves
laids ; mais il n'y a pas le choix. Tout point de
comparaison enlevé, sinon avec un passé peu regrettable, tu te contenteras joyeusement de ce
qu'on t'offre. L'important ici, c'est de persuader
aux gens qu'on est aussi heureux que, en attendant mieux, on peut l'être ; de persuader aux gens
qu'on est moins heureux qu'eux partout ailleurs.
L'on n'y peut arriver qu'en empêchant soigneusement toute communication avec le dehors (j'entends le par-delà les frontières). Grâce à quoi, à
conditions de vie égales, ou même sensiblement
inférieures, l'ouvrier russe s'estime heureux, *est*
plus heureux, beaucoup plus heureux que l'ouvrier
de France. Leur bonheur est fait d'espérance, de
confiance et d'ignorance.

Il m'est extrêmement difficile d'apporter de
l'ordre dans ces réflexions, tant les problèmes, ici,
s'entrecroisent et se chevauchent. Je ne suis pas
un technicien et c'est par leur retentissement
psychologique que les questions économiques

m'intéressent. Je m'explique fort bien, psycho-
logiquement, pourquoi il importe d'opérer en
vase clos, de rendre opaques les frontières : jusqu'à
nouvel ordre et tant que les choses n'iront pas
mieux, il importe au bonheur des habitants de
l'U.R.S.S. que ce bonheur reste à l'abri.

Nous admirons en U.R.S.S. un extraordinaire
élan vers l'instruction, la culture ; mais cette instruction ne renseigne que sur ce qui peut amener
l'esprit à se féliciter de l'état de choses présent et
à penser : *U.R.S.S... Ave ! Spes unica !* Cette culture est tout aiguillée dans le même sens ; elle n'a
rien de désintéressé ; elle accumule et l'esprit critique (en dépit du marxisme) y fait à peu près
complètement défaut. Je sais bien : on fait grand
cas, là-bas, de ce qu'on appelle « l'autocritique ».
Je l'admirais de loin et pense qu'elle eût pu donner des résultats merveilleux, si sérieusement et
sincèrement appliquée. Mais j'ai vite dû comprendre que, en plus des dénonciations et des re-
montrances (la soupe du réfectoire est mal cuite
ou la salle de lecture du club mal balayée), cette
critique ne consiste qu'à se demander si ceci ou
cela est « dans la ligne » ou ne l'est pas. Ce n'est
pas elle, la ligne, que l'on discute. Ce que l'on
discute, c'est de savoir si telle œuvre, tel geste ou
telle théorie est conforme à cette ligne sacrée. Et
malheur à celui qui chercherait à pousser plus

loin ! Critique en deçà, tant qu'on voudra. La critique au-delà n'est pas permise. Il y a des exemples de cela dans l'histoire.

Et rien, plus que cet état d'esprit, ne met en péril la culture. Je m'en expliquerai plus loin.

Le citoyen soviétique reste dans une extraordinaire ignorance de l'étranger[1]. Bien plus : on l'a persuadé que tout, à l'étranger, et dans tous les domaines, allait beaucoup moins bien qu'en U.R.S.S. Cette illusion est savamment entretenue ; car il importe que chacun, même peu satisfait, se félicite du régime qui le préserve de pires maux.

D'où certain *complexe de supériorité*, dont je donnerai quelques exemples :

Chaque étudiant est tenu d'apprendre une langue étrangère. Le français est complètement délaissé. C'est l'anglais, c'est l'allemand surtout, qu'ils sont censés connaître. Je m'étonne de les entendre le parler si mal ; un élève de seconde année de chez nous en sait davantage.

De l'un d'entre eux que nous interrogeons, nous recevons cette explication (en russe, et Jef Last nous le traduit) :

— Il y a quelques années encore l'Allemagne et les États-Unis pouvaient sur quelques points

---

1. Ou du moins n'en connaît que ce qui l'encouragera dans son sens.

nous instruire. Mais à présent, nous n'avons plus
rien à apprendre des étrangers. Donc à quoi bon
parler leur langue[1] ?

Du reste, s'ils s'inquiètent tout de même de ce
qui se fait à l'étranger, ils se soucient bien davantage de ce que l'étranger pense d'eux. Ce qui leur
importe c'est de savoir si nous les admirons assez.
Ce qu'ils craignent, c'est que nous soyons insuffisamment renseignés sur leurs mérites. Ce qu'ils
souhaitent de nous, ce n'est point tant qu'on les
renseigne, mais qu'on les complimente.

Les petites filles charmantes qui se pressent
autour de moi dans ce jardin d'enfants (où du
reste tout est à louer, comme tout ce qu'on fait
ici pour la jeunesse) me harcèlent de questions.
Ce qu'elles voudraient savoir, ce n'est pas si nous
avons des jardins d'enfants en France ; mais bien
si nous savons en France qu'ils ont en U.R.S.S.
d'aussi beaux jardins d'enfants.

Les questions que l'on vous pose sont souvent
si ahurissantes que j'hésite à les rapporter. On va
croire que je les invente : — On sourit avec scep-
ticisme lorsque je dis que Paris a, lui aussi, son
métro. Avons-nous seulement des tramways ? des

1.  Devant notre stupeur non dissimulée, l'étudiant ajoutait
il est vrai : « Je comprends et nous comprenons aujourd'hui que
c'est un raisonnement absurde. La langue étrangère, quand elle
ne sert plus à instruire, peut bien servir encore à enseigner. »

omnibus ?... L'un demande (et ce ne sont plus des enfants, mais bien des ouvriers instruits) si nous avons aussi des écoles, en France. Un autre, un peu mieux renseigné, hausse les épaules ; des écoles, oui, les Français en ont ; mais on y bat les enfants ; il tient ce renseignement de source sûre. Que tous les ouvriers, chez nous, soient très malheureux, il va sans dire, puisque nous n'avons pas encore « fait la révolution ». Pour eux, hors de l'U.R.S.S., c'est la nuit. À part quelques capitalistes éhontés, tout le reste du monde se débat dans les ténèbres.

Des jeunes filles instruites et fort « distinguées » (au camp d'Artek qui n'admet que les sujets hors ligne) s'étonnent beaucoup lorsque, parlant des films russes, je leur dis que *Tchapaïev* et *Nous de Cronstadt* ont eu à Paris grand succès. On leur avait pourtant bien affirmé que tous les films russes étaient interdits en France. Et, comme ceux qui leur ont dit cela, ce sont leurs maîtres, je vois bien que la parole que ces jeunes filles mettent en doute, c'est la mienne. Les Français sont tellement blagueurs !

Dans une société d'officiers de marine, à bord d'un cuirassé que l'on vient de me faire admirer (« complètement fait en U.R.S.S., celui-là ») je me risque à oser dire que je crains qu'on ne soit moins bien renseigné en U.R.S.S. sur ce qui se fait en France, qu'en France sur ce qui se fait en U.R.S.S. ; un murmure nettement désapprobateur s'élève : « La *Pravda* renseigne sur tout suffisamment. » Et brusquement, quelqu'un, lyrique, se détachant du groupe, s'écrie : « Pour raconter tout ce qui se fait en U.R.S.S. de neuf et de beau et de grand, on ne trouverait pas assez de papier dans le monde. »

Dans ce même camp modèle d'Artek, paradis pour enfants modèles, petits prodiges, médaillés, diplômés — ce qui fait que je lui préfère de beaucoup d'autres camps de pionniers plus modestes, moins aristocrates — un enfant de treize ans qui, si j'ai bien compris, vient d'Allemagne mais qu'a déjà façonné l'Union, me guide à travers le parc dont il fait valoir les beautés. Il récite :

« Voyez : ici, il n'y avait rien dernièrement encore… Et, tout à coup : cet escalier. Et c'est partout ainsi en U.R.S.S. : hier rien ; demain tout. Regardez ces ouvriers, là-bas, comme ils travaillent ! Et partout en U.R.S.S. des écoles et des camps semblables. Naturellement, pas tout à fait aussi beaux, parce que ce camp d'Artek n'a pas son pareil au monde. Staline s'y intéresse tout particulièrement. Tous les enfants qui viennent ici sont remarquables.

« Vous entendrez tout à l'heure un enfant de treize ans, qui sera le meilleur violoniste du monde.

Son talent a déjà été tellement apprécié chez nous qu'on lui a fait cadeau d'un violon historique, d'un violon d'un fabricant de violons d'autrefois très célèbre[1].

« Et ici : Regardez cette muraille ! Dirait-on qu'elle a été construite en dix jours ? »

L'enthousiasme de cet enfant paraît si sincère que je me garde de lui faire remarquer que ce mur de soutènement, trop hâtivement dressé, déjà se fissure. Il ne consent à voir, ne peut voir que ce qui flatte son orgueil, et ajoute dans un transport :

« Les enfants même s'en étonnent[2] ! »

Ces propos d'enfants (propos dictés, appris

---

1. J'entendis peu après ce petit prodige exécuter sur son stradivarius du Paganini, puis un *pot-pourri* de Gounod — et dois reconnaître qu'il est stupéfiant.

2. Eugène Dabit avec qui je parlais de ce complexe de supériorité, auquel son extrême modestie le rendait particulièrement sensible, me tendit le second volume des *Âmes mortes* (édition N.R.F.) qu'il était en train de relire. Au début figure une lettre de Gogol où Dabit me signale ce passage :

« Beaucoup d'entre nous, surtout parmi les jeunes gens, exaltent outre mesure les vertus russes ; au lieu de développer en eux ces vertus, ils ne songent qu'à les étaler et à crier à l'Europe : "Regardez, étrangers, nous sommes meilleurs que vous !"

« Cette jactance est affreusement pernicieuse. Tout en irritant les autres, elle nuit à qui en fait preuve. La vantardise avilit la plus belle action du monde... Pour moi, je préfère à la suffisance un découragement passager. » — Cette « jactance » russe que Gogol déplore, l'éducation d'aujourd'hui la développe et l'enhardit.

peut-être) m'ont paru si topiques que je les ai transcrits le soir même et que je les rapporte ici tout au long.

Je ne voudrais pourtant pas laisser croire que je n'ai pas remporté d'Artek d'autres souvenirs. Il est vrai : ce camp d'enfants est merveilleux. Dans un site admirable fort ingénieusement aménagé, il s'étage en terrasses et s'achève à la mer. Tout ce que l'on a pu imaginer pour le bien-être des enfants, pour leur hygiène, leur entraînement sportif, leur amusement, leur plaisir, est groupé et ordonné sur ces paliers et le long de ces pentes. Tous les enfants respirent la santé, le bonheur. Ils s'étaient montrés fort déçus lorsque nous leur avons dit que nous ne pourrions rester jusqu'à la nuit : ils avaient préparé le feu de camp traditionnel, orné les arbres du jardin d'en bas de banderoles en notre honneur. Les réjouissances diverses : chants et danses, qui devaient avoir lieu le soir, je demandai que tout fût reporté avant cinq heures. La route du retour était longue ; j'insistai pour rentrer à Sébastopol avant le soir. Et bien m'en prit, car c'est ce même soir qu'Eugène Dabit, qui m'avait accompagné là-bas, tomba malade. Rien n'annonçait cela pourtant et il put se réjouir pleinement du spectacle que nous offrirent ces enfants ; de la danse surtout de l'exquise petite Tadjikstane, qui s'appelle Tamar, je crois : celle

même que l'on voyait embrassée par Staline sur
toutes les affiches énormes qui couvraient les
murs de Moscou. Rien ne dira le charme de cette
danse et la grâce de cette enfant. « Un des plus
exquis souvenirs de l'U.R.S.S. », me disait Dabit ;
et je le pensais avec lui. Ce fut sa dernière journée de bonheur.

L'hôtel de Sotchi est des plus plaisants ; ses
jardins sont fort beaux ; sa plage est des plus
agréables, mais aussitôt les baigneurs voudraient
nous faire avouer que nous n'avons rien de comparable en France. Par décence nous nous rete-
nons de leur dire qu'en France nous avons mieux,
beaucoup mieux.

Non : l'admirable ici, c'est que ce demi-luxe,
ce confort soient mis à l'usage du peuple — si
tant est pourtant que ceux qui viennent habiter
ici ne soient pas trop, de nouveau, des privilégiés.
En général, sont favorisés les plus méritants, mais
à condition toutefois qu'ils soient conformes,
bien « dans la ligne » ; et ne bénéficient des avantages que ceux-ci.

L'admirable, à Sotchi, c'est cette quantité de
sanatoriums, de maisons de repos, autour de la
ville, tous merveilleusement installés. Et que tout
cela soit construit pour les travailleurs, c'est parfait. Mais, tout auprès, l'on souffre d'autant plus

de voir les ouvriers employés à la construction du nouveau théâtre, si peu payés et parqués dans des campements sordides.

L'admirable, à Sotchi, c'est Ostrovski. (V. Appendice.)

Si déjà je louangeais l'hôtel de Sotchi, que dirai-je de celui de Sinop, près de Soukhoum, bien supérieur et tel qu'il supporte la comparaison des meilleurs, des plus beaux, des plus confortables hôtels balnéaires étrangers. Son admirable jardin date de l'ancien régime, mais le bâtiment même de l'hôtel est tout récemment construit ; très intelligemment aménagé ; de l'aspect extérieur et intérieur le plus heureux ; chaque chambre a sa salle de bains, sa terrasse particulière. Les ameublements sont d'un goût parfait ; la cuisine y est excellente, une des meilleures que nous ayons goûtées en U.R.S.S. L'hôtel Sinop paraît un des lieux de ce monde où l'homme se trouve le plus près du bonheur.

À côté de l'hôtel, un sovkhoze a été créé en vue d'approvisionner celui-ci. J'y admire une écurie modèle, une porcherie modèle, et surtout un gigantesque poulailler dernier cri. Chaque poule porte à la patte sa bague numérotée ; sa ponte est soigneusement enregistrée ; chacune a, pour y pondre, son petit box particulier, où on l'en-

ferme et d'où elle ne sort qu'après avoir pondu.
(Et je ne m'explique pas qu'avec tant de soins, les
œufs que l'on nous sert à l'hôtel ne soient pas
meilleurs.) J'ajoute qu'on ne pénètre dans ces lo-
caux qu'après avoir posé ses pieds sur un tapis
imprégné de substance stérilisante pour désin-
fecter ses souliers. Le bétail, lui, passe à côté ;
tant pis !

Si l'on traverse un ruisseau qui délimite le
sovkhoze, un alignement de taudis. On y loge à
quatre, dans une pièce de deux mètres cinquante
sur deux mètres, louée à raison de deux roubles
par personne et par mois. Le repas, au restaurant
du sovkhoze, coûte deux roubles, luxe que ne peuvent se permettre ceux dont le salaire n'est que de
soixante-quinze roubles par mois. Ils doivent se
contenter, en plus du pain, d'un poisson sec.

Je ne proteste pas contre l'inégalité des salaires ; j'accorde qu'elle était nécessaire. Mais il y a
des moyens de remédier aux différences de condition ; or je crains que ces différences, au lieu de
s'atténuer, n'aillent en s'accentuant. Je crains que
ne se reforme bientôt une nouvelle sorte de bourgeoisie ouvrière satisfaite (et, partant, conservatrice,
parbleu !) trop comparable à la petite bourgeoisie
de chez nous.

J'en vois partout des symptômes annoncia-

teurs[1]. Et comme nous ne pouvons douter, hélas !
que les instincts bourgeois, veules, jouisseurs, in-
soucieux d'autrui, sommeillent au cœur de bien
des hommes en dépit de toute révolution (car la
réforme de l'homme ne peut se faire uniquement
par le dehors), je m'inquiète beaucoup de voir,
dans l'U.R.S.S. d'aujourd'hui, ces instincts bourgeois indirectement flattés, encouragés par de
récentes décisions qui reçoivent chez nous des
approbations alarmantes. Avec la restauration de
la famille (en tant que « cellule sociale »), de l'hé-

1. La loi récente contre l'avortement a consterné tous ceux
que des salaires insuffisants rendaient incapables de fonder un
foyer, d'élever une famille. Elle a consterné également d'autres
personnes, et pour de tout autres raisons : N'avait-on pas promis, au sujet de cette loi, une sorte de plébiscite, de consulta-
tion populaire qui devait décider de son acceptation et de sa
mise en vigueur ? Une immense majorité s'est déclarée (plus ou
moins ouvertement, il est vrai) contre cette loi. Il n'a pas été tenu
compte de l'opinion et la loi a passé tout de même, à la stupeur
quasi générale. Les journaux, il va sans dire, n'ont guère publié
que des approbations. Dans les conversations particulières que
j'ai pu avoir avec maints ouvriers à ce sujet, je n'ai entendu
que des récriminations timorées, une résignation plaintive.
    Encore cette loi, dans un certain sens, se justifie-t-elle ? Elle
répond à de très déplorables abus. Mais que penser, au point
de vue marxiste, de celle, plus ancienne, contre les homo-
sexuels ? qui, les assimilant à des contre-révolutionnaires (car
le *non-conformisme* est poursuivi jusque dans les questions
sexuelles), les condamne à la déportation pour cinq ans avec
renouvellement de peine s'ils ne se trouvent pas amendés par
l'exil.

ritage et du legs, le goût du lucre, de la possession
particulière, reprennent le pas sur le besoin de camaraderie, de partage et de vie commune. Non
chez tous, sans doute ; mais chez beaucoup. Et
l'on voit se reformer des couches de société sinon
déjà des classes, une sorte d'aristocratie ; je ne
parle pas ici de l'aristocratie du mérite et de la valeur personnelle, mais bien de celle du bien-pen-
ser, du conformisme, et qui, dans la génération
suivante, deviendra celle de l'argent.

Mes craintes sont-elles exagérées ? Je le souhaite. Du reste, l'U.R.S.S. nous a montré qu'elle
était capable de brusques volte-face. Mais je
crains bien que pour couper court à cet embour-
geoisement, qu'aujourd'hui les gouvernants approu-
vent et favorisent, un brusque ressaisissement ne
paraisse bientôt nécessaire, qui risque d'être aussi
brutal que celui qui mit fin à la Nep.

Comment n'être pas choqué par le mépris, ou
tout au moins l'indifférence que ceux qui sont et
qui se sentent « du bon côté » marquent à l'égard
des « inférieurs », des domestiques[1], des manœuvres, des hommes et femmes « de journée », et

---

1. Et, comme en reflet de ceci, quelle servilité, quelle obsé-
quiosité, chez les domestiques ; non point ceux des hôtels, qui
sont le plus souvent d'une dignité parfaite — très cordiaux
néanmoins ; mais bien chez ceux qui ont affaire aux dirigeants,
aux « responsables ».

j'allais dire : des pauvres. Il n'y a plus de classes, en U.R.S.S., c'est entendu. Mais il y a des pauvres. Il y en a trop ; beaucoup trop. J'espérais pourtant bien ne plus en voir, ou même plus exactement : c'est pour ne plus en voir que j'étais venu en U.R.S.S.

Ajoutez que la philanthropie n'est plus de mise, ni plus la simple charité[1]. L'État s'en charge. Il se charge de tout et l'on n'a plus besoin, c'est entendu, de secourir. De là certaine sécheresse dans les rapports, en dépit de toute camaraderie. Et, naturellement, il ne s'agit pas ici des rapports entre égaux ; mais, à l'égard de ces « inférieurs », dont je parlais, le *complexe de supériorité* joue en plein.

Cet état d'esprit petit-bourgeois qui, je le crains, tend à se développer là-bas est, à mes yeux, profondément et foncièrement contre-révolutionnaire.

Mais ce qu'on appelle « contre-révolutionnaire » en U.R.S.S. aujourd'hui, ce n'est pas du tout cela. C'est même à peu près le contraire.

---

1. Je me hâte pourtant d'ajouter ceci : dans le jardin public de Sébastopol, un enfant estropié, qui ne peut se mouvoir qu'avec des béquilles, passe devant les bancs où des promeneurs sont assis. Je l'observe, longuement, qui fait la quête. Sur vingt personnes à qui il s'adresse, dix-huit ont donné ; mais qui sans doute ne se sont laissé émouvoir qu'en raison de son infirmité.

L'esprit que l'on considère comme « contre-révolutionnaire » aujourd'hui, c'est ce même esprit révolutionnaire, ce ferment qui d'abord fit éclater les douves à demi pourries du vieux monde tsariste. On aimerait pouvoir penser qu'un débordant amour des hommes, ou tout au moins un impérieux besoin de justice, emplit les cœurs. Mais une fois la révolution accomplie, triomphante, stabilisée, il n'est plus question de cela, et de tels sentiments, qui d'abord animaient les premiers révolutionnaires, deviennent encombrants, gênants, comme ce qui a cessé de servir. Je les compare, ces sentiments, à ces étais grâce auxquels on élève une arche, mais qu'on enlève après que la clef de voûte est posée. Maintenant que la révolution a triomphé, maintenant qu'elle se stabilise, et s'apprivoise ; qu'elle pactise, et certains diront : s'assagit, ceux que ce ferment révolutionnaire anime encore et qui considèrent comme compromissions toutes ces concessions successives, ceux-là gênent et sont honnis, supprimés. Alors ne vaudrait-il pas mieux, plutôt que de jouer sur les mots, reconnaître que l'esprit révolutionnaire (et même simplement : l'esprit critique) n'est plus de mise, qu'il n'en faut plus ? Ce que l'on demande à présent, c'est l'acceptation, le conformisme. Ce que l'on veut et exige, c'est une approbation de tout ce qui se fait en U.R.S.S. ; ce que l'on cherche à obtenir, c'est que cette approbation ne soit pas résignée, mais sincère, mais enthousiaste même. Le plus étonnant, c'est qu'on y parvient. D'autre part, la moindre protestation, la moindre critique est passible des pires peines, et du reste aussitôt étouffée. Et je doute qu'en aucun autre pays aujourd'hui, fût-ce dans l'Allemagne de Hitler, l'esprit soit moins libre, plus courbé, plus craintif (terrorisé), plus vassalisé.

# IV

Dans cette usine de raffinerie de pétrole, aux environs de Soukhoum, où tout paraît si remarquable : le réfectoire, les logements des ouvriers, leur club (quant à l'usine même, je n'y entends rien et admire de confiance), nous nous approchons du « Journal mural », affiché selon l'usage dans une salle de club. Nous n'avons pas le temps de lire tous les articles, mais, à la rubrique « Secours rouge » où, en principe, se trouvent les renseignements étrangers, nous nous étonnons de ne voir aucune allusion à l'Espagne dont les nouvelles depuis quelques jours ne laissent pas de nous inquiéter. Nous ne cachons pas notre surprise un peu attristée. Il s'ensuit une légère gêne. On nous remercie de la remarque : il en sera certainement tenu compte.

Le même soir, banquet. Toasts nombreux selon l'usage. Et quand on a bu à la santé de tous et de chacun des convives, Jef Last se lève et, en russe, propose de vider un verre au triomphe du Front rouge espagnol. On applaudit chaleureusement, encore qu'avec une certaine gêne, nous semble-t-il ; et aussitôt comme en réponse : toast à Staline. À mon tour, je lève mon verre pour les prisonniers politiques d'Allemagne, de Yougoslavie, de Hongrie… On applaudit, avec un enthousiasme franc cette fois ; on trinque, on boit. Puis, de nouveau, sitôt après : toast à Staline. C'est aussi que sur les victimes du fascisme, en Allemagne et ailleurs, l'on savait quelle attitude avoir. Pour ce qui est des troubles et de la lutte en Espagne, l'opinion générale et particulière attendait les directives de la *Pravda* qui ne s'était pas encore prononcée. On n'osait pas se risquer avant de savoir ce qu'il fallait penser. Ce n'est que quelques jours plus tard (nous étions arrivés à Sébastopol) qu'une immense vague de sympathie, partie de la Place Rouge, vint déferler dans les journaux, et que, partout, des souscriptions volontaires pour le secours aux gouvernementaux s'organisèrent.

Dans le bureau de cette usine, un grand tableau symbolique nous avait frappés ; on y voyait, au centre, Staline en train de parler ; répartis à sa droite et à sa gauche, les membres du gouvernement applaudir.

L'effigie de Staline se rencontre partout, son
nom est sur toutes les bouches, sa louange revient
immanquablement dans tous les discours. Particulièrement en Géorgie, je n'ai pu entrer dans
une chambre habitée, fût-ce la plus humble, la
plus sordide, sans y remarquer un portrait de
Staline accroché au mur, à l'endroit sans doute
où se trouvait autrefois l'icône. Adoration, amour
ou crainte, je ne sais ; toujours et partout il est
là.

Sur la route de Tiflis à Batoum, nous traver-
sons Gori, la petite ville où naquit Staline. J'ai
pensé qu'il serait sans doute courtois de lui envoyer un message, en réponse à l'accueil de
l'U.R.S.S. où, partout, nous avons été acclamés,
festoyés, choyés. Je ne trouverai jamais meilleure
occasion. Je fais arrêter l'auto devant la poste et
tends le texte d'une dépêche. Elle dit à peu près :
« En passant à Gori au cours de notre merveilleux voyage, j'éprouve le besoin cordial de
vous adresser... » Mais ici, le traducteur s'arrête :
Je ne puis point parler ainsi. Le « vous » ne suffit
point, lorsque ce « vous », c'est Staline. Cela n'est
point décent. Il faut y ajouter quelque chose.
Et comme je manifeste certaine stupeur, on se
consulte. On me propose : « Vous, chef des travailleurs », ou « maître des peuples » ou... je ne

sais plus quoi[1]. Je trouve cela absurde ; proteste que Staline est au-dessus de ces flagorneries. Je me débats en vain. Rien à faire. On n'acceptera ma dépêche que si je consens au rajout. Et, comme il s'agit d'une traduction que je ne suis pas à même de contrôler, je me soumets de guerre lasse, mais en déclinant toute responsabilité et songeant avec tristesse que tout cela contribue à mettre entre Staline et le peuple une effroyable, une infranchissable distance. Et comme déjà j'avais pu constater de semblables retouches et « mises au point » dans les traductions de diverses allocutions[2] que j'avais été amené à prononcer en U.R.S.S., je déclarai aussitôt que je ne reconnaîtrais comme mien aucun texte de moi paru en russe durant mon séjour[3] et que je le dirais. Voilà qui est fait.

1. J'ai l'air d'inventer, n'est-ce pas ? Non, hélas ! Et que l'on ne vienne pas trop me dire que nous avions affaire en l'occurrence à quelque subalterne stupide et zélé maladroitement. Non, nous avions avec nous, prenant part à la discussion, plusieurs personnages suffisamment haut placés et, en tout cas, parfaitement au courant des « usages ».

2. X... m'explique qu'il est de bon usage de faire suivre d'une épithète le mot « destin » dont je me servais, lorsqu'il s'agit du destin de l'U.R.S.S. Je finis par proposer « glorieux » que X... me dit propre à rallier tous les suffrages. Par contre, il me demande de bien vouloir supprimer le mot « grand » que j'avais mis devant « monarque ». Un monarque ne peut être grand. (V. Appendice, III.)

3. Ne m'a-t-on pas fait déclarer que je n'étais ni compris, ni aimé par la jeunesse française ; que je prenais l'engagement de ne plus rien écrire désormais que pour le peuple ! etc.

Oh ! parbleu, je ne veux voir dans ces menus travestissements, le plus souvent involontaires, aucune malignité : bien plutôt le désir d'aider quelqu'un qui n'est pas au courant des usages et qui certainement ne peut demander mieux que de s'y plier, d'y conformer ses expressions et sa pensée.

Staline, dans l'établissement du premier et du second plan quinquennal, fait preuve d'une telle sagesse, d'une si intelligente souplesse dans les modifications successives qu'il a cru devoir y apporter, que l'on en vient à se demander si plus de constance était possible ; si ce progressif détachement de la première ligne, cet écartement du Léninisme, n'était pas nécessaire ; si plus d'entêtement n'exigeait pas du peuple un effort surhumain. De toute manière il y a déboire. Si ce n'est pas Staline, alors c'est l'homme, l'être humain, qui déçoit. Ce qu'on tentait, que l'on voulait, que l'on se croyait tout près d'obtenir, après tant de luttes, tant de sang versé, tant de larmes, c'était donc « au-dessus des forces humaines » ? Faut-il attendre encore, résigner, ou reporter à plus loin ses espoirs ? Voilà ce qu'en U.R.S.S. on se demande avec angoisse. Et que cette question vous effleure, c'est déjà trop.

Après tant de mois d'efforts, tant d'années, on était en droit de se demander : vont-ils enfin pouvoir relever un peu la tête ? — Les fronts n'ont jamais été plus courbés.

Qu'il y ait divergence de l'idéal premier, voici qui ne peut être mis en doute. Mais devrons-nous mettre en doute, du même coup, que ce que l'on voulait d'abord fût aussitôt possible ? Y a-t-il faillite ou opportune et indiscutable accommodation à d'imprévues difficultés ?

Ce passage de la « mystique » à la « politique » entraîne-t-il fatalement une *dégradation* ? Car il ne s'agit plus ici de théorie ; on est dans le domaine pratique ; il faut compter avec le *menschliches*, *allzumenschliches* — et compter avec l'ennemi.

Quantité de résolutions de Staline sont prises, et ces derniers temps presque toutes, en fonction de l'Allemagne et dictées par la peur qu'on en a. Cette restauration progressive de la famille, de la propriété privée, de l'héritage trouvent une valable explication : il importe de donner au citoyen soviétique le sentiment qu'il a quelque bien personnel à défendre. Mais c'est ainsi que, progressivement, l'impulsion première s'engourdit, se perd, que le regard cesse de se diriger à l'avant. Et l'on me dira que cela est nécessaire, urgent, car une attaque de flanc risque de ruiner l'entreprise. Mais d'accommodement en accommodement, l'entreprise se compromet.

Une autre crainte, celle du « trotskisme » et de ce qu'on appelle aujourd'hui là-bas : *l'esprit de contre-révolution.* Car certains se refusent à penser que cette transigeance fût nécessaire ; tous ces accommodements leur paraissent autant de défaites. Que la déviation des directives premières trouve des explications, des excuses, il se peut : cette déviation seule importe à leurs yeux. Mais, aujourd'hui, c'est l'esprit de soumission, le conformisme, qu'on exige. Seront considérés comme « trotskistes » tous ceux qui ne se déclarent pas satisfaits. De sorte que l'on vient à se demander si Lénine lui-même, reviendrait-il sur la terre aujourd'hui... ?

Que Staline ait toujours raison, cela revient à dire : que Staline a raison de tout.

*Dictature du prolétariat* nous promettait-on. Nous sommes loin de compte. Oui : dictature, évidemment ; mais celle d'un homme, non plus celle des prolétaires unis, des Soviets. Il importe de ne point se leurrer, et force est de reconnaître tout net : ce n'est point là ce qu'on voulait. Un pas de plus et nous dirons même : c'est exactement ceci que l'on ne voulait pas.

Supprimer l'opposition dans un État, ou même simplement l'empêcher de se prononcer, de se produire, c'est chose extrêmement grave : l'invitation au terrorisme. Si tous les citoyens d'un État pensaient de même, ce serait sans aucun doute plus commode pour les gouvernants. Mais, devant cet appauvrissement, qui donc oserait encore parler de « culture » ? Sans contrepoids, comment l'esprit ne verserait-il pas tout dans un sens ? C'est, je pense, une grande sagesse d'écouter les partis adverses ; de les soigner même au besoin, tout en les empêchant de nuire : les combattre, mais non les supprimer. Supprimer l'opposition… il est sans doute heureux que Staline y parvienne si mal.

« L'humanité n'est pas simple, il faut en prendre son parti ; et toute tentative de simplification, d'unification, de réduction par le dehors sera toujours odieuse, ruineuse et sinistrement bouffonne. Car l'embêtant pour Athalie, c'est que c'est toujours Eliacin, l'embêtant pour Hérode, c'est que c'est toujours la Sainte Famille qui échappe », — écrivais-je en 1910[1].

---

1. *Nouveaux prétextes*, p. 168.

V

J'écrivais avant d'aller en U.R.S.S. :

Je crois que la valeur d'un écrivain est liée à la force révolutionnaire qui l'anime, ou plus exactement (car je ne suis pas si fou que de ne reconnaître de valeur artistique qu'aux écrivains de gauche) : à sa force d'opposition. Cette force existe aussi bien chez Bossuet, Chateaubriand ou, de nos jours, Claudel, que chez Molière, Voltaire, Hugo et tant d'autres. Dans notre forme de société, un grand écrivain, un grand artiste, est essentiellement anticonformiste. Il navigue à contre-courant. Cela était vrai pour Dante, pour Cervantès, pour Ibsen, pour Gogol... Cela cesse d'être vrai, semble-t-il, pour Shakespeare et ses contemporains, dont John Addington Symonds dit excellemment : *What made the playwrights of that epoch so great... was that they (the authors) lived and wrote in fullest sympathy with the whole people*[1]. Cela n'était sans doute pas vrai pour Sophocle et certainement pas pour Homère, par qui la Grèce même, nous semble-t-il, chantait. Cela cesserait peut-être d'être vrai, du jour où… Mais c'est précisément là ce qui dirige nos regards vers l'U.R.S.S. avec une interrogation si anxieuse : le triomphe de la révolution permettra-t-elle à ses artistes d'être portés par le courant ? Car la question se pose : qu'adviendra-t-il si l'État social transformé enlève à l'artiste tout motif de protestation ? Que fera l'artiste s'il n'a plus à s'élever contre, plus qu'à se laisser porter ? Sans doute, tant qu'il y a lutte encore et que la victoire n'est pas parfaitement assurée, il pourra peindre cette lutte et, combattant lui-même, aider au triomphe. Mais ensuite…

Voilà ce que je me demandais avant d'aller en U.R.S.S.


— Vous comprenez, m'expliqua X., ce n'était plus du tout cela que le public réclamait ; plus du tout cela que nous voulons aujourd'hui. Il avait donné précédemment un ballet très remarquable

1. « Ce qui fit que l'art dramatique de cette époque s'éleva si haut… c'est que les auteurs vivaient alors et écrivaient en complète sympathie avec tout le peuple » (*General Introduction to the Mermaid Series*).

et très remarqué. (« Il », c'était Chostakovitch,
dont certains me parlaient avec cette sorte d'élo-
ges que l'on n'accorde qu'aux génies.) Mais que
voulez-vous que le peuple fasse d'un opéra dont,
en sortant, il ne peut fredonner aucun air ? (Quoi !
c'est donc là qu'ils en étaient ! Et pourtant X…,
artiste lui-même, et fort cultivé, ne m'avait tenu
jusqu'alors que des propos intelligents.)

« Ce qu'il nous faut aujourd'hui, ce sont des
œuvres que tout le monde puisse comprendre, et
tout de suite. Si Chostakovitch ne le sent pas de
lui-même, on le lui fera bien sentir en ne l'écou-
tant même plus. »

Je protestai que les œuvres parfois les plus belles, et même celles qui sont appelées à devenir les
plus populaires, ont pu n'être goûtées d'abord que
par un très petit nombre de gens ; que Beethoven
lui-même… Et, lui tendant un livre que précisément j'avais sur moi : Tenez, lisez ceci :

« *In Berlin gab ich auch* (c'est Beethoven qui
parle), *vor mehreren Jahren ein Konzert, ich griff
mich an und glaubte, was Reicht's zu leisten, und
hoffte auf einen tüchtigen Beifall ; aber siehe da, als
ich meine höchste Begeisterung ausgesprochen hatte,
kein geringstes Zeichen des Beifalls ertönte*[1]. »

---

1. Moi aussi, il y a plusieurs années, j'ai donné un concert
à Berlin. Je m'y suis livré tout entier, et je pensais être arrivé

X... m'accorda qu'en U.R.S.S. un Beethoven aurait eu bien du mal à se relever d'un tel insuccès. « Voyez-vous, continua-t-il, un artiste, chez nous, a d'abord à être dans la ligne. Les plus beaux dons, sinon, seront considérés comme du "formalisme". Oui, c'est le mot que nous avons trouvé pour désigner tout ce que nous ne nous soucions pas de voir ou d'entendre. Nous voulons créer un art nouveau, digne du grand peuple que nous sommes. L'art, aujourd'hui, doit être populaire, ou n'être pas. »

— Vous contraindrez tous vos artistes au conformisme, lui dis-je, et les meilleurs, ceux qui ne consentiront pas à avilir leur art ou seulement à le courber, vous les réduirez au silence. La culture que vous prétendez servir, illustrer, défendre, vous honnira.

Alors, il protesta que je raisonnais en bourgeois. Que, pour sa part, il était bien convaincu que le marxisme, qui, dans tant d'autres domaines, avait déjà produit de si grandes choses, saurait aussi produire des œuvres d'art. Il ajouta que ce qui retenait ces nouvelles œuvres de surgir,

vraiment à quelque chose ; j'escomptais donc un réel succès. Mais voyez : lorsque j'avais réalisé le meilleur de mon inspiration — pas le plus léger signe d'approbation (*Goethes Briefe mit lebensgeschichtlichen Verbindungen*, t. II, p. 287).

c'est l'importance qu'on accordait encore aux œuvres d'un passé révolu.

Il parlait à voix de plus en plus haute ; il semblait faire un cours ou réciter une leçon. Ceci se passait dans le hall de l'hôtel de Sotchi. Je le quittai sans plus lui répondre. Mais, quelques instants plus tard, il vint me retrouver dans ma chambre et, à voix basse cette fois :

— Oh ! parbleu ! je sais bien... Mais *on* nous écoutait tout à l'heure et... mon exposition doit ouvrir bientôt.

X... est peintre, et devait présenter au public ses dernières toiles.


Quand nous arrivâmes en U.R.S.S., l'opinion était mal ressuyée de la grande querelle du Formalisme. Je cherchai à comprendre ce que l'on entendait par ce mot et voici ce qu'il me sembla : tombait sous l'accusation de formalisme tout artiste coupable d'accorder moins d'intérêt au *fond* qu'à la *forme*. Ajoutons aussitôt que n'est jugé digne d'intérêt (ou plus exactement n'est toléré) le *fond* que lorsque incliné dans un certain sens. L'œuvre d'art sera jugée formaliste dès que pas inclinée du tout et n'ayant par conséquent plus de « sens » (et je joue ici sur le mot). Je ne puis, je l'avoue, écrire ces mots « forme » et « fond » sans sourire. Mais il sied plutôt de pleurer lorsqu'on

voit que cette absurde distinction va déterminer
la critique. Que cela fût politiquement utile, il se
peut ; mais ne parlez plus ici de culture. Celle-ci
se trouve en péril dès que la critique n'est plus librement exercée.

En U.R.S.S., pour belle que puisse être une
œuvre, si elle n'est pas dans la ligne, elle est hon-
nie. La beauté est considérée comme une valeur
bourgeoise. Pour génial que puisse être un artiste,
s'il ne travaille pas dans la ligne l'attention se détourne, est détournée de lui : ce que l'on demande
à l'artiste, à l'écrivain, c'est d'être conforme ; et
tout le reste lui sera donné par-dessus.

J'ai pu voir à Tiflis une exposition de peintures modernes, dont il serait peut-être charitable
de ne point parler. Mais, après tout, ces artistes
avaient atteint leur but, qui est d'édifier (ici par
l'image), de convaincre, de rallier (des épisodes
de la vie de Staline servant de thème à ces illus-
trations). Ah ! certes, ceux-là n'étaient pas des
« formalistes » ! Le malheur, c'est qu'ils n'étaient
pas des peintres non plus. Ils me faisaient souvenir qu'Apollon, pour servir Admète, avait dû
éteindre tous ses rayons, et du coup n'avait plus
rien fait qui vaille — ou du moins qui nous im-
portât. Mais, comme l'U.R.S.S., non plus avant
qu'après la révolution, n'a jamais excellé dans les

arts plastiques, mieux vaut s'en tenir à la littérature.

« Dans le temps de ma jeunesse, me disait
X..., l'on nous recommandait tels livres, l'on
nous déconseillait tels autres ; et naturellement
c'est vers ces derniers que notre attention se por-
tait. La grande différence, aujourd'hui, c'est que
les jeunes ne lisent plus que ce qu'on leur recom-
mande de lire, qu'ils ne désirent même plus lire
autre chose. »

C'est ainsi que Dostoïevski, par exemple, ne
trouve guère plus de lecteurs, sans qu'on puisse
exactement dire si la jeunesse se détourne de lui,
ou si l'on a détourné de lui la jeunesse — tant les
cerveaux sont façonnés.

S'il doit répondre à un mot d'ordre, l'esprit
peut bien sentir du moins qu'il n'est pas libre.
Mais s'il est ainsi préformé qu'il n'attende
même plus le mot d'ordre pour y répondre, l'esprit perd jusqu'à la conscience de son asservis-
sement. Je crois que l'on étonnerait beaucoup
de jeunes Soviétiques, et qu'ils protesteraient, si
l'on venait leur dire qu'ils ne pensent pas librement.

Et comme il advient toujours que nous ne re-
connaissons qu'après les avoir perdus la valeur de
certains avantages, rien de tel qu'un séjour en
U.R.S.S. (ou en Allemagne, il va sans dire) pour

nous aider à apprécier l'inappréciable liberté de pensée dont nous jouissons encore en France, et dont nous abusons parfois.

À Leningrad, l'on m'avait demandé de préparer un petit discours à l'usage d'une assemblée de littérateurs et d'étudiants. Je n'étais en U.R.S.S. que depuis huit jours et cherchais à prendre le *la*. Je soumis donc à X… et à Y… mon texte. L'on me fit aussitôt comprendre que ce texte n'était ni dans la ligne, ni dans la note et que ce que je m'apprêtais à dire paraîtrait fort malséant. Eh parbleu ! je m'en rendis nettement compte moi-même, par la suite. Du reste, ce discours, je n'eus pas l'occasion de le prononcer. Le voici :

« L'on m'a souvent demandé mon opinion sur la littérature actuelle de l'U.R.S.S. Je voudrais expliquer pourquoi j'ai refusé de me prononcer. Cela me permettra, du même coup, de préciser certain point du discours que j'ai lu sur la Place Rouge, au jour solennel des funérailles de Gorki. J'y parlais de "nouveaux problèmes" soulevés par le triomphe même des républiques soviétiques, problèmes dont je disais que ce ne serait pas une des moindres gloires de l'U.R.S.S. de les avoir fait naître à l'histoire et proposés à notre méditation. Comme l'avenir de la culture me semble étroitement lié à la solution qui pourra leur être

donnée, il ne me paraît pas inutile d'y revenir et
d'apporter ici quelques précisions.

. . . . . . . . . . . . . . . . . . . . . . . . . . . . . . . .

« Le grand nombre, et même composé des éléments les meilleurs, n'applaudit jamais à ce qu'il
y a de neuf, de virtuel, de déconcerté et de dé-
concertant, dans une œuvre ; mais seulement à ce
qu'il y peut déjà *reconnaître*, c'est-à-dire la ba-
nalité. Tout comme il y avait des banalités
bourgeoises, il y a des banalités révolutionnaires ; il importe de s'en convaincre. Il importe de
se persuader que ce qu'elle apporte de conforme
à une doctrine, fût-elle la plus saine et la mieux
établie, n'est jamais ce qui fait la valeur profonde
d'une œuvre d'art, ni ce qui lui permettra de durer ; mais bien ce qu'elle apportera d'interro-
gations nouvelles, prévenant celles de l'avenir ; et
de réponses à des questions non encore posées.
Je crains fort que quantité d'œuvres, tout im-
prégnées d'un pur esprit marxiste, à quoi elles
doivent leur succès d'aujourd'hui, ne dégagent
bientôt, au nez de ceux qui viendront, une in-
supportable odeur de clinique ; et je crois que
les œuvres les plus valeureuses seront celles seules
qui auront su se délivrer de ces préoccupa-
tions-là.

« Du moment que la révolution triomphe, et
s'instaure, et s'établit, l'art court un terrible dan-

ger, un danger presque aussi grand que celui que lui font courir les pires oppressions des fascismes : celui d'une orthodoxie. L'art qui se soumet à une orthodoxie, fût-elle celle de la plus saine des doctrines, est perdu. Il sombre dans le conformisme. Ce que la révolution triomphante peut et doit offrir à l'artiste, c'est avant tout la liberté. Sans elle, l'art perd signification et valeur.

« Walt Whitman, à l'occasion de la mort du président Lincoln, écrivit un de ses plus beaux chants. Mais si ce libre chant eût été contraint, si Whitman avait été forcé de l'écrire par ordre et conformément à un canon admis, ce *thrène* aurait perdu sa vertu, sa beauté ; ou plutôt Whitman n'aurait pas pu l'écrire.

« Et comme, tout naturellement, l'assentiment du plus grand nombre, les applaudissements, le succès, les faveurs vont à ce que le public peut aussitôt reconnaître et approuver, c'est-à-dire au conformisme, je me demande avec inquiétude si, peut-être, dans l'U.R.S.S. glorieuse d'aujourd'hui, ne végète pas, ignoré de la foule, quelque Baudelaire, quelque Keats ou quelque Rimbaud qui, en raison même de sa valeur, a du mal à se faire entendre. Et c'est pourtant celui-là entre tous qui m'importe, car ce sont les dédaignés de d'abord, les Rimbaud, les Keats, les Baudelaire, les Stendhal même, qui paraîtront demain les plus grands[1].

1. — Mais, diront-ils, qu'avons-nous affaire aujourd'hui des Keats, des Baudelaire, des Rimbaud, et même des Stendhal ? Ceux-ci ne gardent de valeur, à nos yeux, que dans la mesure où ils reflètent la société moribonde et corrompue dont ils sont les tristes produits. S'ils ne peuvent se produire dans la nouvelle société d'aujourd'hui, tant pis pour eux, tant mieux pour nous qui n'avons plus rien à apprendre d'eux, ni de leurs pareils. L'écrivain qui peut nous instruire aujourd'hui c'est celui qui, dans cette nouvelle forme de la société, se trouve parfaitement à l'aise et que ce qui gênerait les premiers saura tout au contraire exalter. Autrement dit celui qui approuve, se félicite et applaudit.

— Eh bien, précisément, je crois que les écrits de ces applaudisseurs sont de très faible valeur instructive et que pour développer sa culture le peuple n'a que faire de les écouter. Rien ne vaut, pour se cultiver, que ce qui force à réfléchir.

Quant à ce que l'on pourrait appeler la littérature-miroir, c'est-à-dire celle qui se restreint à ne plus être qu'un reflet (d'une société, d'un événement, d'une époque), j'ai dit déjà ce que j'en pense.

Se contempler (et s'admirer) peut bien être le premier souci d'une société encore très jeune ; mais il serait fort regrettable que ce premier souci fût aussi bien le seul, le dernier.

# VI

Sébastopol, dernière étape de notre voyage. Sans doute, il est en U.R.S.S. des villes plus intéressantes ou plus belles, mais nulle part encore je n'avais aussi bien senti combien je resterais épris. Je retrouvais à Sébastopol, moins préservée, moins choisie qu'à Soukhoum ou Sotchi, la société, la vie russe entière, avec ses manques, ses défauts, ses souffrances, hélas ! à côté de ses triomphes, de ses réussites qui permettent ou promettent à l'homme plus de bonheur. Et, suivant les jours, la lumière adoucissait l'ombre, ou au contraire l'épaississait. Mais, autant que le plus lumineux, ce que je pouvais voir ici de plus sombre, tout m'attachait, et douloureusement parfois, à cette terre, à ces peuples unis, à ce climat nouveau qui favorisait l'avenir et où l'inespéré pouvait éclore... C'est tout cela que je devais quitter.

Et déjà commençait à m'étreindre une angoisse encore inconnue : de retour à Paris que saurais-je dire ? Comment répondre aux questions que je pressentais ? L'on attendait de moi certainement des jugements tout d'une pièce. Comment expliquer que, tour à tour, en U.R.S.S., j'avais eu (moralement) si chaud, et si froid ? En déclarant à nouveau mon amour allais-je devoir cacher mes réserves et mentir en approuvant tout ? Non ; je sens trop qu'en agissant ainsi je desservirais à la fois l'U.R.S.S. même et la cause qu'elle représente à nos yeux. Mais ce serait une très grave erreur d'attacher l'une à l'autre trop étroitement de sorte que la cause puisse être tenue pour responsable de ce qu'en U.R.S.S. nous déplorons.

L'aide que l'U.R.S.S. vient d'apporter à l'Espagne nous montre de quels heureux rétablissements elle demeure capable.

L'U.R.S.S. n'a pas fini de nous instruire et de nous étonner.

# APPENDICE

Ont été retranchés de cet Appendice trois *Discours* qui y avaient été recueillis dans la 1ʳᵉ édition de *Retour de l'U.R.S.S.*

# I

## *La lutte antireligieuse*

Je n'ai pas vu les musées antireligieux de Moscou ; mais j'ai visité celui de Leningrad, dans la cathédrale de Saint-Isaac dont le dôme d'or reluit exquisément sur la cité. L'aspect extérieur de la cathédrale est très beau ; l'intérieur est affreux. Les grandes peintures pieuses qui y ont été conservées peuvent servir de tremplin au blasphème : elles sont hideuses vraiment. Le musée lui-même est beaucoup moins impertinent que je n'aurais pu craindre. Il s'agissait d'y opposer au mythe religieux la science. Des cicérones se chargent d'aider les esprits paresseux que les divers instruments d'optique, les tableaux astronomiques, ou d'histoire naturelle, ou anatomiques, ou de statistique, ne suffiraient pas à convaincre. Cela reste décent et pas trop attentatoire. C'est du Reclus et du Flammarion plutôt que du Léo Taxil. Les popes par exemple en prennent un bon coup. Mais il m'était arrivé, quelques jours auparavant, de ren-

contrer, aux environs de Leningrad, sur la route
qui mène à Peterhof, un pope, un vrai. Sa vue
seule était plus éloquente que tous les musées antireligieux de l'U.R.S.S. Je ne me chargerai pas
de le décrire. Monstrueux, abject et ridicule, il
semblait inventé par le bolchevisme comme un
épouvantail pour mettre en fuite à jamais les sentiments pieux des villages.

Par contre je ne puis oublier l'admirable figure
du moine gardien de la très belle église que nous
visitâmes peu avant d'arriver à X... Quelle dignité
dans son allure ! Quelle noblesse dans les traits de
son visage ! Quelle fierté triste et résignée ! Pas une
parole, pas un signe de lui à nous ; pas un échange
de regards. Et je songeais, en le contemplant sans
qu'il s'en doutât, au « tradebat autem » de l'Évangile, où Bossuet prenait élan pour un magnifique
essor oratoire.

Le musée archéologique de Chersonèse, aux
environs de Sébastopol, est, lui aussi, installé dans
une église[1]. Les peintures murales y ont été res-
pectées, sans doute en raison de leur provocante
laideur. Des pancartes explicatives y sont join-
tes. Au-dessous d'une effigie du Christ, on peut

1. Dans telle autre, aux environs de Sotchi, nous assistons
à un cours de danse. À la place du maître-autel, des couples
tournent aux sons d'un fox-trot ou d'un tango.

lire : « Personnage légendaire qui n'a jamais existé. »

Je doute que l'U.R.S.S. ait été bien habile dans la conduite de cette guerre d'antireligion. Il était loisible aux marxistes de ne s'attacher ici qu'à l'histoire, et, niant la divinité du Christ et jusqu'à son existence si l'on veut, rejetant les dogmes de l'Église, discréditant la Révélation, de considérer tout humainement et critiquement un enseignement qui, tout de même, apportait au monde une espérance nouvelle et le plus extraordinaire ferment révolutionnaire qui se pût alors. Il était loisible de dire en quoi l'Église même l'avait trahi ; en quoi cette doctrine émancipatrice de l'Évangile pouvait, avec la connivence de l'Église, hélas ! prêter aux pires abus du pouvoir. Tout valait mieux que de passer sous silence, de nier. L'on ne peut faire que ceci n'ait point été, et l'ignorance où l'on maintient à ce sujet les peuples de l'U.R.S.S. les laisse sans défense critique et non vaccinés contre une épidémie mystique toujours à craindre.

Il y a plus, et j'ai présenté d'abord ma critique par son côté le plus étroit, le pratique. L'ignorance, le déni de l'Évangile et de tout ce qui en a découlé, ne va point sans appauvrir l'humanité, la culture, d'une très lamentable façon. Je ne voudrais point que l'on me suspectât ici et flairât quelque relent d'une éducation et d'une conviction premières. Je parlerais de même à l'égard des mythes grecs que je crois, eux aussi, d'un enseignement profond, permanent. Il me paraît absurde de *croire* à eux ; mais également absurde de ne point reconnaître la part de vérité qui s'y joue et de penser que l'on peut s'acquitter envers eux avec un sourire et un haussement d'épaules. Quant à l'arrêt que la religion peut apporter au développement de l'esprit, quant au pli qu'y peut imprimer la croyance, je les connais de reste et pense qu'il était bon de libérer de tout cela l'homme nouveau. J'admets aussi que la superstition, le pope aidant, entretint dans les campagnes et partout (j'ai visité les appartements de la Tsarine) une crasse morale effroyable, et comprends qu'on ait éprouvé le besoin de vidanger une bonne fois tout cela ; mais... Les Allemands usent d'une image excellente et dont je cherche vainement un équivalent en français pour exprimer ce que j'ai quelque mal à dire : *on a jeté l'enfant avec l'eau du bain.* Effet du non-discernement et aussi d'une hâte trop grande. Et que l'eau du bain fût sale et puante, il se peut et je n'ai aucun mal à m'en convaincre ; tellement sale même que l'on n'a plus tenu compte de l'enfant ; l'on a tout jeté d'un coup sans contrôle.

Et si maintenant j'entends dire que, par esprit d'accommodement, par tolérance, l'on refond des cloches, j'ai grand-peur que ceci ne soit un commencement, que la baignoire ne s'emplisse à nouveau d'eau sale... l'enfant absent.

## II

### *Ostrovski*

Je ne puis parler d'Ostrovski qu'avec le plus profond respect. Si nous n'étions en U.R.S.S. je dirais : c'est un saint. La religion n'a pas formé de figures plus belles. Qu'elle ne soit point seule à en façonner de pareilles, voici la preuve. Une ardente conviction y suffit et sans espoir de récompense future ; sans autre récompense que cette satisfaction d'un austère devoir accompli.

À la suite d'un accident, Ostrovski est resté aveugle et complètement paralysé… Il semble que, privée de presque tout contact avec le monde extérieur et ne pouvant trouver base où s'étendre, l'âme d'Ostrovski se soit développée toute en hauteur.

Nous nous empressons près du lit qu'il n'a pas quitté depuis longtemps. Je m'assieds à son chevet, lui tends une main qu'il saisit, je devrais dire : dont il s'empare comme d'un rattachement à la vie ; et, durant toute l'heure que durera notre visite, ses maigres doigts ne cesseront point de caresser les miens, de se nouer à eux, de me transmettre les effluves d'une sympathie frémissante.

Ostrovski n'y voit plus, mais il parle, il entend. Sa pensée est d'autant plus active et tendue que rien ne vient jamais la distraire, sinon peut-être la douleur physique. Mais il ne se plaint pas, et son beau visage émacié trouve encore le moyen de sourire, malgré cette lente agonie.

La chambre où il repose est claire. Par les fenêtres ouvertes entrent le chant des oiseaux, le parfum des fleurs du jardin. Que tout est calme ici ! Sa mère, sa sœur, ses amis, des visiteurs restent discrètement assis non loin du lit ; certains prennent note de nos paroles. Je dis à Ostrovski l'extraordinaire réconfort que je puise dans le spectacle de sa constance ; mais la louange semble le gêner : ce qu'il faut admirer, c'est l'U.R.S.S., c'est l'énorme effort accompli ; il ne s'intéresse qu'à cela, pas à lui-même. Par trois fois je lui dis adieu, craignant de le fatiguer, car je ne puis supposer qu'usante une si constante ardeur ; mais il me prie de rester encore ; on sent qu'il a besoin de parler. Il continuera de parler après que nous serons partis ; et parler, pour lui, c'est dicter. C'est ainsi qu'il a pu écrire (faire écrire) ce livre où il a raconté sa vie. Il en dicte un autre à présent, me dit-il. Du matin au soir, et fort avant dans la nuit, il travaille. Il dicte sans cesse.

Je me lève enfin pour partir. Il me demande de l'embrasser. En posant mes lèvres sur son front, j'ai peine à retenir mes larmes ; il me semble soudain que je le connais depuis longtemps, que c'est un ami que je quitte ; il me semble aussi que c'est lui qui nous quitte et que je prends congé d'un mourant... Mais il y a des mois et des mois, me dit-on, qu'il semble ainsi près de mourir et que seule la ferveur entretient dans ce corps débile cette flamme près de s'éteindre.

# III

## *Un kolkhoze*

Donc 16,50 F, taux de la journée. Ce qui ne serait pas énorme. Mais le chef de brigade du kolkhoze, avec qui je m'entretiens longuement tandis que mes camarades ont été se baigner (car ce kolkhoze est au bord de la mer), m'explique que ce que l'on appelle « journée de travail » est une mesure conventionnelle et qu'un bon ouvrier peut obtenir double, ou même parfois triple « journée » en un jour[1]. Il me montre les carnets individuels et les feuilles de règlement, qui tous et toutes passent entre ses mains. On y tient compte non seulement de la quantité, mais aussi de la qualité du travail. Des chefs d'équipe le renseignent à ce sujet, et c'est d'après ces renseignements qu'il établit les feuilles de paie. Cela nécessite une comptabilité assez compliquée et il ne cache pas qu'il est un peu surmené ; mais très

---

1. Les calculs comportent un fractionnement des « journées » en divisions décimales.

satisfait néanmoins car il peut déjà compter à son actif personnel (l'équivalent de) 300 journées de travail depuis le début de l'année (nous sommes au 3 août). Ce chef de brigade, lui, dirige 56 hommes ; entre eux et lui, des chefs d'équipe. Donc, une hiérarchie ; mais le taux de base de la « journée » reste le même pour tous. De plus, chacun bénéficie personnellement des produits de son jardin, qu'il cultive après s'être acquitté de son travail au kolkhoze.

Pour ce travail-ci, pas d'heures fixes et réglementaires : chacun, lorsqu'il n'y a pas urgence, travaille quand il veut.

Ce qui m'amène à demander s'il n'en est pas qui fournissent moins que la « journée » étalon. Mais non, cela n'arrive pas, m'est-il répondu. Sans doute cette « journée » n'est-elle pas une moyenne, mais un minimum assez facilement obtenu. Au surplus, les paresseux fieffés seraient vite éliminés du kolkhoze, dont les avantages sont si grands qu'on cherche au contraire à y entrer, à en faire partie. Mais en vain : le nombre des kolkhoziens est limité.

Ces kolkhoziens privilégiés se feraient donc des mois d'environ 600 roubles. Les ouvriers « qualifiés » reçoivent parfois bien davantage. Pour les non-qualifiés, qui sont l'immense majorité, le salaire journalier est de 5 à 6 roubles[1]. Le simple manœuvre gagne encore moins.

L'État pourrait, il semble, les rétribuer davantage. Mais, tant qu'il n'y aura pas plus de denrées livrées à la consommation, une hausse des salaires n'amènerait qu'une hausse des prix. C'est du moins ce que l'on objecte.

En attendant, les différences de salaires invitent à la qualification. Les manœuvres surabondent ; ce qui manque, ce sont les spécialistes, les cadres. On fait tout pour les obtenir ; et je n'admire peut-être rien tant, en U.R.S.S., que les moyens d'instruction mis, presque partout déjà, à portée des plus humbles travailleurs pour leur permettre (il ne tient qu'à eux) de s'élever au-dessus de leur état précaire.

---

1. Dois-je rappeler que, théoriquement, le rouble vaut 3 francs français, c'est-à-dire que l'étranger, arrivant en U.R.S.S., achète 3 francs chaque billet d'un rouble. Mais la puissance d'achat du rouble n'excède guère celle du franc ; de plus, maintes denrées, et des plus nécessaires, sont encore d'un prix fort élevé (œufs, lait, viande, beurre surtout, etc.). Quant aux vêtements… !

# IV

## *Bolchevo*[1]

J'ai visité Bolchevo. Ce n'était qu'un village
d'abord, brusquement né du sol sur commande,
il y a quelque six ans je crois, sur l'initiative de
Gorki. Aujourd'hui, c'est une ville assez impor-
tante.

Elle a ceci de très particulier : tous ses habitants
sont d'anciens criminels : voleurs, assassins même…
Cette idée présida à la formation et à la constitution de la cité : que les criminels sont des victimes,
des dévoyés, et qu'une rééducation rationnelle
peut faire d'eux d'excellents sujets soviétiques. Ce
que Bolchevo prouve. La ville prospère. Des usines y furent créées qui devinrent vite des usines
modèles.

Tous les habitants de Bolchevo, amendés, sans
aucune autre direction que la leur propre, sont

1. J'appris par la suite que n'étaient admis à vivre dans
cette ville modèle de Bolchevo que les criminels qui s'étaient
pliés à des dénonciations (A. G.). [Voir plus loin, p. 131.]

désormais des travailleurs zélés, ordonnés, tranquilles, particulièrement soucieux des bonnes
mœurs et désireux de s'instruire ; ce pour quoi
tous les moyens sont mis à leur disposition. Et ce
n'est pas seulement leurs usines qu'ils m'invitent
à admirer, mais leurs lieux de réunions, leur club,
leur bibliothèque, toutes leurs installations qui,
en effet, ne laissent rien à souhaiter. L'on chercherait en vain sur le visage de ces ex-criminels,
dans leur aspect, dans leur langage, quelque trace
de leur vie passée. Rien de plus édifiant, de plus
rassurant et encourageant que cette visite. Elle
laisserait penser que tous les crimes sont imputables, non à l'homme même qui les commet, mais
à la société qui le poussait à les commettre. On
invita l'un d'eux, puis un autre, à parler, à con-
fesser ses crimes d'antan, à raconter comment il
s'est converti, comment il en est venu à reconnaître
l'excellence du nouveau régime et la satisfaction
personnelle qu'il éprouve à s'y être subordonné.
Et cela me rappelle étrangement ces suites de
confessions édifiantes que j'entendis à Thoun, il
y a deux ans, lors d'une grande réunion des adeptes du mouvement d'Oxford. « J'étais pécheur et
malheureux ; je faisais le mal ; mais maintenant,
j'ai compris ; je suis sauvé ; je suis heureux. »
Tout cela un peu gros, un peu simpliste, et lais-
sant le psychologue sur sa soif. N'empêche que la

cité de Bolchevo reste une des plus extraordinaires réussites dont puisse se targuer le nouvel État
soviétique. Je ne sais si dans d'autres pays l'homme
serait aussi malléable.

# V

## *Les Besprizornis*

J'espérais bien ne plus voir de *besprizornis*[1].
À Sébastopol, ils abondent. Et l'on en voit encore
plus à Odessa, me dit-on. Ce ne sont plus tout à
fait les mêmes que dans les premiers temps. Ceux
d'aujourd'hui, leurs parents vivent encore, peut-
être ; ces enfants ont fui leur village natal, parfois
par désir d'aventure ; plus souvent parce qu'ils
n'imaginaient pas qu'on pût être, nulle part ailleurs,
aussi misérable et affamé que chez eux. Certains
ont moins de dix ans. On les distingue à ceci
qu'ils sont beaucoup plus vêtus (je n'ai pas dit
mieux) que les autres enfants. Ceci s'explique : ils
portent sur eux tout leur avoir. Les autres enfants,
très souvent, ne portent qu'un simple caleçon de
bain. (Nous sommes en été, la chaleur est tor-
ride.) Ils circulent dans les rues, le torse nu, pieds
nus. Et il ne faut pas voir là toujours un signe de

1. Enfants abandonnés.

pauvreté. Ils sortent du bain, y retournent. Ils ont un chez-soi où pouvoir laisser d'autres vêtements, pour les jours de pluie, pour l'hiver. Quant au besprizorni, il est sans domicile. En plus du caleçon de bain, il porte d'ordinaire un chandail en loques.

De quoi vivent les besprizornis, je ne sais. Mais ce que je sais, c'est que, s'ils ont de quoi s'acheter un morceau de pain, ils le dévorent. La plupart sont joyeux malgré tout ; mais certains semblent près de défaillir. Nous causons avec plusieurs d'entre eux ; nous gagnons leur confiance. Ils finissent par nous montrer l'endroit où souvent ils dorment quand le temps n'est pas assez beau pour coucher dehors : c'est près de la place où se dresse une statue de Lénine, sous le beau portique qui domine le quai d'embarquement. À gauche, lorsque l'on descend vers la mer, dans une sorte de renfoncement du portique, une petite porte de bois, que l'on ne pousse pas, mais que l'on tire à soi — comme je fais certain matin, alors qu'il ne passe pas trop de monde, car je crains de révéler leur cachette et de les en faire déloger — et je suis devant un réduit, grand comme une alcôve, sans autre ouverture, où, pelotonné comme un chat, sur un sac, je vois un petit être famélique dormir. Je referme la porte sur son sommeil.

Un matin, les besprizornis que nous connaissons sont invisibles (d'ordinaire ils rôdent à l'entour du grand jardin public). Puis l'un d'eux, que nous retrouvons pourtant, m'apprend que la police a fait une rafle et que tous les autres sont coffrés. Deux de mes compagnons ont du reste assisté à la rafle. Le milicien qu'ils interrogent leur dit qu'on va les confier à une institution d'État. Le lendemain, tous sont de nouveau là. Que s'est-il passé ? « On n'a pas voulu de nous », disent les gosses. Ne serait-ce pas plutôt eux qui ne veulent pas se soumettre au peu de discipline imposée ? Se sont-ils enfuis de nouveau ? Il serait facile à la police de les reprendre. Il semble qu'ils devraient être heureux de se voir tirés de misère. Préfèrent-ils à ce que l'on offre la misère avec la liberté ?

J'en vis un tout petit, de huit ans à peine, qu'emmenaient deux agents en civil. Ils s'étaient mis à deux, car le petit se débattait comme un gibier ; il sanglotait, hurlait, trépignait, cherchait à mordre… Près d'une heure après, repassant presque au même endroit, j'ai revu le même enfant, calmé. Il était assis sur le trottoir. Un seul des deux agents restait debout près de lui et lui parlait. Le petit ne cherchait plus à fuir. Il souriait à l'agent. Un grand camion vint, s'arrêta ; l'agent aida l'enfant à y monter, pour l'emmener où ? Je ne sais. Et si je raconte ce menu fait, c'est que peu de choses en U.R.S.S. m'ont ému comme le comportement de cet homme envers cet enfant : la douceur persuasive de sa voix (ah ! que j'aurais voulu comprendre ce qu'il lui disait), tout ce qu'il savait mettre d'affection dans son sourire, la caressante tendresse de son étreinte lorsqu'il le souleva dans ses bras... Je songeais au *Moujik Mareï* [1] de Dostoïevski — et qu'il valait la peine de venir en U.R.S.S. pour voir cela.

1. *Journal d'un écrivain.*

# RETOUCHES
## À MON
## « RETOUR DE L'U.R.S.S. »

*(juin 1937)*

# I

La publication de mon *Retour de l'U.R.S.S.* m'a valu nombre d'injures. Celles de Romain Rolland m'ont peiné. Je n'ai jamais beaucoup goûté ses écrits ; mais du moins je tiens sa personnalité morale en haute estime. Mon chagrin vient de là : combien sont rares ceux qui atteignent la fin de leur vie avant d'avoir montré l'extrémité de leur grandeur. Je crois que l'auteur d'*Au-dessus de la mêlée* jugerait sévèrement Rolland vieilli. Cet aigle a fait son nid ; il s'y repose.

À côté des insulteurs, quelques critiques de bonne foi. J'écris ce livre pour leur répondre.

Entre tous, Paul Nizan, si intelligent pourtant d'ordinaire, me fait un singulier reproche : « de peindre l'U.R.S.S. comme un monde qui ne change plus ». Je ne sais où il voit cela. L'U.R.S.S. change de mois en mois, je l'ai dit. Et c'est bien là ce qui m'effraie. De mois en mois, l'état de l'U.R.S.S. empire. Il s'écarte de plus en plus de ce que nous espérions qu'il était — qu'il serait.

*

Certes, j'admire la constance de votre confiance, de votre amour (je le dis sans ironie) ; mais tout de même, camarades, vous commencez d'être inquiets, avouez-le ; et vous vous demandez avec une angoisse grandissante (devant les procès de Moscou, par exemple) : jusqu'où nous faudra-t-il approuver ? Tôt ou tard, vos yeux s'ouvriront ; ils seront bien forcés de s'ouvrir. Alors vous vous demanderez, vous les honnêtes : comment avons-nous pu les maintenir fermés si longtemps[1] ?

Du reste les mieux renseignés des honnêtes ne contestent guère mes assertions. Ils se contentent de chercher et de fournir des explications. Oui, des explications qui soient du même coup des justifications d'un déplorable état de choses. Car pour eux il ne s'agit pas seulement de montrer

---

1. Oh ! qu'il y a de ces âmes honnêtes qui commencent d'être tourmentées ! qui le seront de plus en plus, jusqu'à devoir enfin reconnaître l'erreur.

« Ancien militant communiste, fonctionnaire soviétique qui ai travaillé plus de trois ans en U.R.S.S. dans la presse, à l'appareil de propagande, à l'inspection des entreprises, j'arrive après d'âpres luttes intérieures, après les plus violents conflits de ma vie, aux mêmes conclusions que vous », m'écrit A. Rudolf, l'auteur de *Abschied von Sowjetrussland*.

*comment* on en est arrivé là (ce qui est, somme toute, assez facile à comprendre) mais de prouver qu'on a raison d'en arriver là, ou du moins d'en passer par là, d'abord et en attendant mieux ; et que cette route que l'on suit en tournant le dos au socialisme et à l'idéal de la révolution d'Octobre mène tout de même au communisme ; et qu'il n'y en avait point d'autre ; et que c'est moi qui n'y connais rien.

*

Examen superficiel, jugement précipité, a-t-on dit de mon livre. Comme si ce n'était pas précisément la première apparence, en U.R.S.S., qui nous charmait ! Comme si ce n'était pas en pénétrant plus avant que le regard rencontrait le pire !

C'est au profond du fruit que le ver se cache. Mais quand je vous ai dit : cette pomme est véreuse, vous m'avez accusé de ne pas y voir clair — ou de ne pas aimer les pommes.

Si je m'étais contenté d'admirer, vous ne m'auriez point fait ce reproche (de superficialité) ; et c'est pourtant alors que je l'aurais mérité.

*

Vos critiques, je les reconnais ; ce sont à bien peu près les mêmes que souleva la relation de

mon *Voyage au Congo* et de mon *Retour du Tchad*.
L'on m'objectait alors :

1° que les abus que je signalais étaient exceptionnels et ne tiraient pas à conséquence (car on
ne pouvait pas les nier) ;

2° que pour trouver raison suffisante d'admirer l'état actuel, il n'était que de le comparer avec
l'état précédent, celui d'avant la conquête (j'allais
dire : d'avant la révolution) ;

3° que tout ce que je déplorais avait sa raison
d'être profonde, laquelle je n'avais pas su comprendre : mal provisoire en vue d'un plus grand
bien.

En ce temps les critiques, les attaques, les in-
sultes me venaient toutes de la droite ; et de mon
« incompétence » avouée, vous ne songiez guère à
faire état, vous, gens de gauche, trop heureux de
vous emparer de mes déclarations, du moment
qu'elles allaient dans votre sens, que vous pouviez
vous en servir. Et de même, aujourd'hui, vous ne
me l'auriez point reprochée, cette incompétence,
si j'avais seulement loué l'U.R.S.S. et déclaré que
tout y marchait à ravir.

N'empêche (et cela seul m'importe) que les
commissions d'enquête, au Congo, confirmèrent
par la suite tout ce que j'avais signalé. De même,
les abondants témoignages qui me parviennent, les
rapports que j'ai pu lire, les relations des observa-

teurs impartiaux (si grands « amis de l'U.R.S.S. »
qu'ils soient, ou aient été avant d'y être allés voir)
sont venus corroborer mes assertions au sujet de
l'état actuel de l'U.R.S.S., renforcer mes craintes.

*

La grande faiblesse de mon *Voyage au Congo*,
et ce qui rendait mon témoignage très vulnérable,
venait de ceci : que je ne pouvais nommer mes
références et désigner ainsi pour la réprimande
ceux qui, confiants en ma discrétion, m'avaient
parlé — ou mis à même de prendre connaissance
de documents que d'ordinaire on préfère ne pas
montrer, et qu'il ne m'était pas loisible de citer.

# II

On m'a reproché d'asseoir des jugements énormes sur des bases trop étroites et de tirer trop vite, de constatations épisodiques, des conclusions inconsidérées. Les faits que je citais, que j'avais observés, étaient exacts peut-être, mais exceptionnels et ne prouvaient rien.

Je n'ai relaté, de mes observations, que les plus typiques. (J'en donnerai plus loin quelques autres.) Il m'avait paru inutile d'encombrer mon livre de rapports, de chiffres, de statistiques ; d'abord parce que je m'étais fait une règle de ne me servir de rien que je n'eusse vu moi-même, ou entendu. Ensuite parce que je ne me fie pas beaucoup aux chiffres officiels. Et surtout parce que ces chiffres, ces « tableaux » (que j'ai du reste étudiés), on pouvait les trouver ailleurs.

Mais, puisqu'on m'y invite, je donnerai quelques précisions :

Fernand Grenier, Jean Pons et le professeur Alessandri voyageaient ensemble, je crois ; avec cent cinquante-neuf compagnons, comme eux « amis de l'Union soviétique ». Rien d'étonnant si les témoignages de ces trois accusateurs (l'accusé, c'est moi) se confondent. Les chiffres qu'ils reproduisent pour me convaincre d'erreur sont les mêmes ; ceux qu'on leur a donnés, qu'ils ont acceptés sans contrôle.

Je tâcherai d'expliquer comment ils concordent mal avec les chiffres que donnent d'autres témoins, assurément beaucoup mieux renseignés pour avoir longtemps travaillé en U.R.S.S., eu le temps de pénétrer dans les « dessous » — tandis que les cent soixante-deux compagnons n'ont fait que passer. Leur voyage a duré vingt jours, quatorze en Russie : du 14 au 28 août. Durant ce peu de temps, ils ont pu beaucoup voir ; mais rien que ce qu'on leur a montré. Aucun d'eux (j'entends : mes trois accusateurs) ne parlait le russe. Ils me permettront, je l'espère, de trouver à mon tour leurs déclarations un peu superficielles.

Je l'ai dit déjà : tant que, en A.E.F., j'ai voyagé « accompagné », tout m'a paru presque merveilleux. Je n'ai commencé d'y voir clair que lorsque, quittant l'auto des Gouverneurs, je me suis décidé à parcourir le pays seul, à pied, afin de pouvoir entrer, six mois durant, en contact direct avec les indigènes.

Oh ! parbleu, moi aussi j'en ai vu, en U.R.S.S.,
de ces usines modèles, de ces clubs, de ces écoles,
de ces parcs de culture, de ces jardins d'enfants —
qui m'ont émerveillé moi aussi ; et tout de même
que Grenier, Pons ou Alessandri, je ne demandais
qu'à me laisser séduire, pour en séduire d'autres à
mon tour. Et, comme il est fort agréable de séduire et d'être séduit, je voudrais que ceux que
j'ai nommés se persuadent que, pour protester
contre cette séduction, il faut que j'aie de bien
fortes raisons ; et que je ne le fais pas, comme on
l'a dit, « à la légère ».

*

La bonne foi de Jean Pons est respectable ; sa
confiance émouvante[1] comme tout ce qui est en-
fantin. Il accepte ce qu'on lui dit, ainsi que

---

1. Du moins lorsqu'elle ne prête pas à la rigolade, comme
lorsqu'il écrit : « Dans le salon de réception... je vois une
Minerve, un Jupiter, une Diane. Les ouvriers n'ont fait
qu'une modification : ils ont ajouté un buste de Lénine en
bronze.

« Le rapprochement entre Minerve et Lénine semble incom-
préhensible. Pourtant il existe sous nos yeux. Ce qui prouve que
le communisme est l'aboutissement naturel, logique et inévita-
ble de plusieurs siècles d'histoire humaine, l'héritier de la culture la plus haute et la plus fraternelle » (*Journées soviétiques*,
p. 66).

j'avais fait moi-même d'abord, sans examen, sans doute, sans critique.

En regard de certains chiffres qu'il donne (ou que donnent Alessandri et Grenier) pour le rendement d'une usine par exemple, et que je reconnais pour époustouflants, je propose à la méditation de ces camarades quelques aveux que je recueille dans la *Pravda* du 12 novembre 1936 :

« Au cours du deuxième trimestre, sur le nombre total des accessoires d'automobiles fournis par l'usine de Yaroslav (et de ce seul nombre tiennent compte les statistiques officielles, glorieusement brandies), on enregistre 4 000 pièces de rebut, et durant le troisième trimestre : 27 270. »

Dans un numéro du 14 décembre, parlant de l'acier fourni par certaines usines, la *Pravda* dit :

« Alors qu'au cours de février-mars on éliminait 4,6 % de métal, en septembre-octobre, on en a éliminé 16,20 %. »

« Sabotage », dira-t-on. Les grands procès récents viennent comme une preuve à l'appui (et réciproquement). Il est permis pourtant de voir dans ces déchets la rançon d'une intensification excessive et artificielle de la production.

Les programmes sont admirables, certes, mais il semble que, au degré de « culture » actuel, un certain rendement ne puisse être dépassé qu'à frais énormes.

Le déchet des produits de l'usine d'Ijevsk, pour
la période comprise entre avril et août, est de
416 000 roubles ; mais, pour le seul mois de novembre, il s'élève déjà à 176 000 roubles.

La fréquence des accidents d'automobiles de
transport vient du surmenage des chauffeurs, mais
aussi de la mauvaise qualité des voitures ; sur
9 992 machines examinées en 1936, 1 958 ont
été reconnues défectueuses. Dans une section de
transports, 23 machines sur 24 n'ont pu être mises
en circulation ; dans une autre, 44 sur 52. (*Pravda* du 8 août 1936.)

L'usine de Noguinsk devait fournir une grande
partie des cinquante millions de disques de pho-
nographes annoncés au programme de 1935,
soit 4 000 000 ; dont elle n'a pu fournir que
1 992 000. Mais les disques « de rebut » sont au
nombre de 309 800. (Ces renseignements nous
ont été donnés par la *Pravda*, 18 novembre
1936.) En 1936, durant le premier trimestre, la
production n'a été que de 49,8 % du chiffre
prévu par le plan ; durant le deuxième trimestre,
de 32,8 % et seulement de 26 % pour le troisième.

S'il y a fléchissement progressif pour la production, d'autre part les malfaçons vont en aug-
mentant :

1<sup>er</sup> trimestre . . . . . . . . . 156 200 pièces de rebut,
2<sup>e</sup>  trimestre . . . . . . . . . 259 400 pièces de rebut,
3<sup>e</sup>  trimestre . . . . . . . . . 614 000 pièces de rebut.

Quant au 4<sup>e</sup> trimestre, les résultats complets ne sont pas encore donnés ; mais il y a lieu de s'attendre à bien pire, car le seul mois d'octobre en enregistre déjà 607 600 ! On juge alors ce que peut devenir le « prix de revient » de chaque pièce acceptable.

Sur les deux millions de cahiers fournis aux écoliers de Moscou par la fabrique « Héros du Travail », 99 % sont inutilisables. (*Izvestia*, 4 nov. 36.) À Rostov, on a dû jeter huit millions de cahiers. (*Pravda*, 12 déc. 36.)

Sur 150 chaises vendues, par un artel' coopérative, fournisseur de mobiliers, 46 se brisent dès qu'on veut s'y asseoir. Sur 2 345 chaises fournies, 1 300 sont inutilisables. (*Pravda*, 23 sept. 36.) Mêmes malfaçons pour les instruments de chirurgie. Le professeur Bourdenka, chirurgien célèbre en U.R.S.S., se plaint particulièrement de la mauvaise qualité des instruments pour les opérations délicates ; quant aux aiguilles de suture, elles se courbent ou se cassent en cours d'opération. (*Pravda*, 15 nov. 36), etc.

Ces renseignements entre maints autres devraient

rendre les applaudisseurs plus circonspects. Mais la propagande se garde d'en tenir compte.

Remarquons toutefois que les retards et les malfaçons font l'objet de réclamations, parfois de procès qui entraînent des sanctions sévères et si les journaux les dénoncent, c'est en vue d'une amélioration.

L'autocritique, si déficiente pour les questions de théorie et de principes, dès qu'il s'agit de la mise en œuvre du programme adopté, joue en plein ; c'est par les *Izvestia* (du 3 juin 1936) que nous apprenons que certains quartiers de Moscou ne comptent encore, à cette date, qu'une pharmacie pour 65 000 habitants ; d'autres qu'une pour 79 000 ; et que, dans toute la ville, il n'y en a pas plus de 102.

C'est dans les *Izvestia* du 15 janvier 1937 que nous pouvons lire :

« Après la promulgation du décret contre l'avortement, le nombre des naissances à Moscou atteint 10 000 par mois ; ce qui représente une augmentation de 65 % par rapport à la période d'avant le décret. En regard de cette augmentation, celle du nombre de lits dans les maisons d'accouchement n'a été que de 13 %. »

Les crèches et garderies d'enfants sont souvent merveilleuses. Mais, en 1932, d'après les évaluations de Sir Walter Citrine[1], la proportion des enfants qui pouvaient y trouver place était de 1 sur 8... D'après les nouveaux plans, si ces plans parviennent à réalisation parfaite, cette proportion se trouverait doublée : soit 2 enfants admis sur 8. Il y a là insuffisance encore, mais progrès. Par contre, je crains bien que la situation n'aille en empirant pour les logements des ouvriers. Les projets de constructions nouvelles restent fort en deçà de l'exigence, étant donné l'accroissement de la population. Où l'on loge à trois dans la même pièce, on risque fort de devoir bientôt loger à quatre ou cinq. Ajoutons que nombre de bâtisses récentes pour les logements d'ouvriers sont si hâtivement construites, ou plutôt si négligemment et avec de si médiocres matériaux, qu'on s'attend à les voir bientôt inhabitables.

Cette triste question du logement est une de celles dont s'affecte le plus Sir Walter Citrine.

1. « *There should be 2,000,000 places if every child had been accommodated. There were, hewever, ... only one child in eight of those eligible (who) was accommodated. What will be the position by 1937 when the number of workers is expected to be 28,000,000 ? Again, taking the town crèches only, there will be accommodation for 700,000 children, whereas there should be accommodation for 2,800,000 if all are to be catered for. So that there will be room for one child in every four, assuming that the plan is carried out to the full.* »
Sir Walter Citrine : *I Search for Truth in U.R.S.S.*, p. 296.

Visitant, aux environs de Bakou, malgré l'effort des guides officiels pour l'en détourner, les installations ouvrières des travailleurs à l'exploitation pétrolifère : « Je pus voir ici quelques-uns des plus lugubres spécimens d'habitations sordides que j'aie pu voir dans ce pays, où pourtant elles ne manquent pas », dit-il. « Tout y était d'apparence abjecte. » En vain le guide cherche-t-il à lui persuader qu'il faut voir là un « reliquat du tsarisme ». Citrine proteste : « Aujourd'hui ce ne sont plus les millionnaires qui exploitent les puits de pétrole... Dix-huit ans après la Révolution, vous acceptez encore que vos travailleurs vivent dans de pareils taudis !... N'est-il pas affreux de penser que des centaines de milliers d'ouvriers sont abandonnés dans ces "slums" depuis dix-huit ans ? »

M. Yvon, dans sa brochure : *Ce qu'est devenue la Révolution russe*, donne quelques autres exemples de cette lamentable pénurie et ajoute : « La cause d'une telle crise de logement est que la révolution s'est beaucoup plus occupée de "dépasser le capitalisme" dans la construction d'usines géantes et d'organiser les hommes pour la production, que de leur bien-être. De loin cela peut paraître grandiose... de près, c'est bougrement douloureux. »

# III

Un des reproches les plus mérités faits à mon
*Retour de l'U.R.S.S.*, c'est de paraître accorder
une importance trop grande aux questions intel-
lectuelles, qu'il faut accepter de voir reléguées à
l'arrière-plan tant que d'autres problèmes plus
pressants ne sont pas résolus. Cela vient aussi de
ce qu'il m'avait paru nécessaire de reproduire les
quelques discours[1] que j'avais été amené à prononcer là-bas et au sujet desquels s'était élevé de
la conteste. Dans un si petit livre, ces discours
prenaient trop de place et tiraient à eux l'attention.
Ils datent, au surplus, du début de mon voyage ;
d'un temps où je croyais encore (oui, j'avais cette
naïveté) que l'on pouvait, en U.R.S.S., parler
sérieusement de la culture et discuter sincèrement ; d'un temps où je ne savais pas encore

1. Le *Discours sur Maxime Gorki*, le *Discours aux étudiants
de Moscou*, le *Discours aux gens de lettres de Leningrad*, ont été
retirés de l'Appendice du *Retour de l'U.R.S.S.*

combien la question sociale restait en retard, en souffrance.

Mais tout de même, je proteste lorsqu'on n'a consenti à voir dans ce que je disais que la revendication d'un littérateur. Quand je parlais de la liberté de l'esprit, il s'agissait de bien autre chose. La science également se compromet dans les complaisances.

Tel savant notoire se voit contraint de renier la théorie qu'il professait et qui paraît peu orthodoxe. Tel membre de l'Académie des Sciences désavoue « ses erreurs antérieures », lesquelles « seraient susceptibles d'être utilisées par le fascisme », vient-il déclarer lui-même en public. (*Izvestia* du 28 décembre 1936.) On le force à reconnaître pour exactes les accusations lancées, sur ordre, par les *Izvestia*, qui subodorent dans ses recherches les symptômes fâcheux du « délire contre-révolutionnaire ». (Voir Appendice, p. 203.)

Eisenstein est arrêté dans son travail. Il doit reconnaître ses « erreurs », avouer qu'il s'est trompé et que le nouveau film qu'il prépare depuis deux ans, et pour lequel deux millions de roubles ont été déjà dépensés, ne répond pas aux exigences de la doctrine, de sorte qu'on a eu raison de l'interdire.

Et la justice ! Pense-t-on que ce sont les derniers procès de Moscou et de Novossibirsk qui vont me faire regretter d'avoir écrit cette phrase qui vous indigne : « Je doute qu'en aucun autre pays aujourd'hui, fût-ce dans l'Allemagne de Hitler, l'esprit soit moins libre, plus courbé, plus craintif (terrorisé), plus vassalisé » ?

*

Alors — car l'on ne veut pourtant pas trop vite lâcher prise — on se cramponne aux « résultats acquis » : plus de chômage, plus de prostitution, la femme devenue l'égale de l'homme, la dignité humaine reconquise, l'instruction répandue partout… Mais l'on voit, à l'examen, chacun de ces beaux résultats s'effriter.

Je ne m'occuperai avec quelque détail que du problème de l'instruction ; les autres problèmes, nous les rencontrerons suffisamment en cours de route.

Il est vrai : le voyageur rencontre en U.R.S.S. quantité de jeunes gens avides de connaissance, de culture. Rien n'est plus émouvant que leur zèle. Et l'on nous fait admirer de tous côtés les moyens mis à leur disposition. Nous applaudissons de tout cœur à l'ordonnance du gouvernement qui, en février 1936, prévoyait « la liquidation complète de l'analphabétisme au cours de cette année 36-37 pour les quatre millions de travailleurs ne sa-

chant ni lire, ni écrire, et les deux millions le sachant insuffisamment ». Mais...

De la « liquidation de l'analphabétisme », il était
déjà question en 1923. L'accomplissement de cette
liquidation, « historique » (disait-on), devait coïnci-
der avec la célébration du dixième anniversaire d'octobre (1927). Or, en 1924, Lounatcharski parlait
déjà de « catastrophe » : moins de 50 000 écoles
primaires avaient pu être créées, tandis qu'on en
comptait 62 000 sous l'ancien régime pour un
beaucoup moins grand nombre d'habitants.

Car enfin, puisque l'on nous demande sans cesse
de comparer l'état actuel de l'U.R.S.S. à celui qui
précédait la Révolution, nous sommes bien forcés
de constater que, dans de nombreux domaines,
l'état de la classe souffrante est loin de s'être amé-
lioré. Mais revenons à la question scolaire :

Lounatcharski constate (en 1924) que le salaire
des instituteurs ruraux n'est souvent payé qu'avec
six mois de retard, et parfois pas payé du tout.
Ce salaire reste parfois inférieur à 10 roubles par
mois (!). Il est vrai qu'en ce temps, le rouble valait
davantage. Mais, nous dit Kroupskaïa, la veuve
de Lénine : « Le prix du pain a monté et, pour 10
à 12 roubles de traitement mensuel, l'instituteur
peut acheter moins de pain qu'auparavant pour
4 roubles (montant de son traitement jusqu'à novembre 1923). »

En 1927, à la date fixée pour l'achèvement de la liquidation, l'analphabétisme est toujours là ; et le 2 septembre 1928 la *Pravda* constate sa « stabilisation ».

Mais, du moins, depuis, a-t-on fait quelques progrès ?

Nous lisons dans les *Izvestia* du 16 novembre 1936 : « Dès les premiers jours de la nouvelle année scolaire, nombre d'écoles nous ont fait parvenir des renseignements sur le surprenant analphabétisme des élèves. »

La proportion des élèves inaptes est particulièrement élevée dans les *nouvelles* écoles, où elle atteindrait 75 % (toujours d'après les *Izvestia*). Dans la seule ville de Moscou, 64 000 élèves sont forcés de doubler leurs classes ; à Leningrad 52 000 ; et 1 500 ont dû les tripler. À Bakou, le nombre des élèves russes qui ne réussissent pas dans leurs études s'élève à 20 000 sur 45 000 ; celui des élèves turks à 7 000 sur 21 000 (*Bakinski Rabotchi*, 15 janvier 37). De plus, nombre d'élèves désertent l'école. « Au cours de ces trois dernières années, le nombre des *fuyards* atteignait 80 000 pour un établissement technique de la R.S.F.S.R. Pour l'institut pédagogique Kabardino-Balkare, les *fuites* sont de 24 %, et de 30 % pour celui de Tchouvachie. » Le journal ajoute : « Les étudiants des

instituts pédagogiques font montre d'un analphabétisme des plus déconcertants. »

Au surplus, ces instituts ne parviennent à recru-
ter, en R.S.F.S.R., que 54 % de la normale ; en
Russie Blanche, que 42 % ; en Tadjikistan, que
48 % ; en Azerbaïdjan, que de 40 à 64 %, etc.

La *Pravda* du 26 décembre 1936 nous informe
que 5 000 enfants de la région de Gorki ne fréquentent point les écoles. De plus, le nombre
des élèves ayant déserté l'école au bout de la
première année serait de 5 984 ; de 2 362, au
bout de la seconde, et de 3 012 au bout de la
troisième. Évidemment, ceux qui persévèrent
sont des as.

Pour parer aux désertions, un directeur des cours
préparatoires d'apprentissage ouvrier imagine de
frapper les fuyards d'une amende de 400 roubles
par tête ! (*Pravda Vostoka* du 23 décembre.) On
ne nous dit pas si cette amende est à payer en
une seule fois ; ce qui paraît difficile lorsque le
salaire mensuel du parent qui la paie n'est que de
100 à 150 roubles.

Grande pénurie de livres de classe. Quant à
ceux dont on doit se servir, ils fourmillent d'erreurs. La *Pravda* du 11 janvier 1937 s'indigne
de voir les maisons d'édition gouvernementales
de Moscou et de Leningrad publier des manuels
inutilisables. L'Édition Pédagogique imprime

une carte de l'Europe où l'Irlande trempe dans la mer d'Aral et les îles d'Écosse dans la Caspienne. Saratov quitte la Volga pour la mer du Nord, etc.

Une table de multiplication est donnée sur la couverture des cahiers d'écoliers. On y apprend que :

$8 \times 3 = 18$ ; $7 \times 6 = 72$ ; $8 \times 6 = 78$ ; $5 \times 9 = 43$, etc. (*Pravda* du 17 septembre 1936.)

Et l'on comprend alors qu'en U.R.S.S. les comptables fassent un si constant usage des bouliers.

Si la fameuse liquidation de l'analphabétisme, tant admirée, tarde tant à s'accomplir, c'est aussi que les malheureux instituteurs, travailleurs isolés, n'arrivent souvent pas à toucher leur maigre traitement et, pour vivre, sont obligés de s'employer à de tout autres soins que ceux de l'école. Les *Izvestia* du 1er mars attribuent aux lenteurs bureaucratiques (ou à des détournements de fonds) ces non-paiements qui font s'élever à plus d'un demi-million de roubles la dette de l'État envers les instituteurs — pour la seule région de Kouïbychev. Dans la région de Kharkov elle s'élève, cette dette, à 724 000 roubles, etc. De sorte que l'on se demande comment les instituteurs vivent encore et si, avant la liquidation de l'analphabétisme, on n'assistera pas à celle du professorat[1].

\*

Je voudrais que l'on ne s'y méprît pas : je transcris à regret ces chiffres atroces. Il n'y aurait qu'à déplorer une situation si lamentable ; mais je proteste lorsque votre aveuglement, ou votre mauvaise foi, cherche à nous présenter comme admirables des résultats nettement piteux.

---

1. Un article de la *Pravda Vostoka* (20 décembre 1936) regrette de devoir constater que le plan de liquidation de l'analphabétisme n'a pas donné les résultats espérés. Sur 700 000 personnes partiellement ou complètement illettrées, 30 ou 40 % seulement ont consenti à suivre les cours ; « ce qui fait que le coût de la liquidation a atteint 800 roubles par personne, au lieu des 25 roubles prévus ». Dans telle ville (Kokand), où l'on se flattait d'une parfaite liquidation avant la fin de 1936, le nombre des analphabètes a été de 8 023 en mai ; de 9 567 en août ; de 11 014 le 15 septembre, et de 11 645 le 1er octobre. (Espérons que la population de la ville augmente à proportion, par suite de l'immigration de gens venus de la campagne ; sinon il faudrait conclure que ceux qui savaient lire désapprennent.) La grande ville de Tachkent compterait 60 000 analphabètes. Mais, sur 757 inscrits, 60 seulement fréquentent les cours. Ce sont ceux-là qu'admirent les voyageurs.

# IV

C'est la hauteur de votre bluff qui fit si profonde et si douloureuse la chute de ma confiance,
de mon admiration, de ma joie. Aussi bien ce
que je reproche à l'U.R.S.S., ce n'est point tant
de ne pas avoir obtenu mieux (et l'on m'explique
à présent qu'elle ne pouvait obtenir mieux plus
vite, et que je devrais le comprendre ; l'on fait valoir qu'elle était partie de beaucoup plus bas que
je ne pourrai jamais supposer ; et que le misérable état où végètent présentement des ouvriers
par milliers est un état qu'auraient inespérément
souhaité quantité d'opprimés sous l'ancien régime.
Je crois même, ce disant, qu'on exagère un peu).
Non : ce que je reproche surtout à l'U.R.S.S.,
c'est de nous l'avoir baillé belle en nous présen-
tant la situation des ouvriers là-bas comme envia-
ble. Et je reproche aux communistes de chez
nous (oh ! je ne parle pas des camarades dupés,
mais de ceux qui savaient, ou du moins auraient

dû savoir) d'avoir menti aux ouvriers, inconsciemment ou sciemment — et dans ce cas par politique.

L'ouvrier soviétique est attaché à son usine, comme le travailleur rural à son kolkhoze ou à son sovkhoze, et comme Ixion à sa roue. Si, pour quelque raison que ce soit, parce qu'il espère être un peu mieux (un peu moins mal) ailleurs, il veut changer, qu'il prenne garde : enrégimenté, classé, bouclé, il risque de n'être accepté nulle part. Même si, sans changer de ville, il quitte l'usine, il se voit privé du logement (non gratuit, du reste) si difficilement obtenu, auquel son travail lui donnait droit. En s'en allant, ouvrier, il se voit retenir un important morceau de son salaire : kolkhozien, il perd tout le profit de son travail collectivisé. Par contre, le travailleur ne peut se dérober aux déplacements qu'on lui ordonne. Il n'est libre ni d'aller, ni de demeurer, où il lui plaît ; où peut-être l'appelle ou l'attache un amour ou une amitié[1].

---

1. « De même que l'État dispose souverainement des éléments matériels du processus économique, il dispose dictatorialement de l'élément humain. Les travailleurs ne sont plus libres de vendre leur force de travail où ils veulent ni comme ils l'entendent ; ils n'ont pas le droit de circuler librement sur le territoire de l'U.R.S.S. (passeports intérieurs !) ; le droit de grève est supprimé, et toute velléité de résistance aux méthodes du stakhanovisme les expose aux sanctions les plus sévères » (Lucien Laurat : *Coup d'œil sur l'économie russe*, in *L'Homme réel*, n° 38, février 1937).

S'il n'est pas du Parti, les camarades inscrits lui passeront sur le dos. S'inscrire au Parti, s'y faire admettre (ce qui n'est pas facile et demande, en plus de connaissances particulières, une parfaite orthodoxie et de souples dispositions à la complaisance) est la première et indispensable condition pour *réussir*.

Une fois dans le Parti, il n'est plus possible d'en sortir[1] sans perdre aussitôt sa situation, sa place et tous les avantages acquis par un précédent travail ; sans enfin s'exposer à des représailles et à la suspicion de tous. Car, pourquoi quitter un Parti où l'on était si bien ? qui vous procurait de tels avantages ! et ne vous demandait, en échange, que d'acquiescer à tout et de ne plus penser par soi-même. Qu'a-t-on tant besoin de penser (et par soi-même, encore !) quand il est admis que tout va si bien ? Penser par soi-même, c'est aussitôt devenir « contre-révolutionnaire ». On est mûr pour la Sibérie[2].

Un excellent moyen d'avancement, c'est la délation. Cela vous met bien avec la police, qui

1. Il est, par contre, fort fréquent de s'en voir exclure, pour des raisons d'*épuration*. Et, dès lors, c'est la Sibérie.
2. Comme le dit fort bien Yvon : « Entrer au Parti c'est servir à la fois le Pouvoir, la Patrie, et son intérêt personnel. » Harmonie parfaite et d'où dépendra le bonheur.

tout aussitôt vous protège, mais en se servant de vous ; car une fois que l'on a commencé, il n'y a plus d'honneur ou d'amitié qui tienne : il faut marcher. Du reste, c'est un entraînement facile. Et le mouchard est à l'abri.

*

Lorsque, pour des raisons politiques, en France, un journal de parti souhaite de disqualifier quelqu'un, c'est à un ennemi de ce quelqu'un que, pour cette vile besogne, le journal s'adresse. En U.R.S.S. c'est au plus proche ami. On ne demande pas : on exige. Le meilleur éreintement, c'est celui qu'un reniement renforce. Il importe aussi que l'ami se désolidarise de celui qu'on veut perdre ; et qu'il en donne des preuves. (Contre Zinoviev, Kamenev et Smirnov, ceux que l'on dressera ce sont leurs camarades de la veille : Piatakov et Radek ; on tient à les déshonorer avant de les fusiller à leur tour.) Se refuser à ce lâchage, à cette lâcheté, c'est se perdre soi-même avec l'ami que l'on voudrait sauver.

On en vient à se défier de tout et de tous. Les propos innocents des enfants peuvent vous perdre. On n'ose plus parler devant eux. Chacun surveille, se surveille, est surveillé. Plus aucun abandon, aucun libre-parler, sinon au lit peut-être, avec sa femme, si l'on est bien sûr d'elle. Et X... s'amusait à prétendre que ceci suffisait à expliquer que les mariages fussent devenus si fréquents. L'on n'avait pas la même tranquillité avec les unions libres. Songez donc : des gens se sont vu condamner pour des propos rapportés à plus de dix ans de distance ! Et le besoin de s'épancher sur l'oreiller, après cette intolérable contrainte de tout le jour, de tous les jours, devenait toujours plus pressant.

Pour se mettre à l'abri des dénonciations, le plus expédient, c'est de prendre les devants. Du reste, sont passibles d'emprisonnement ou de déportation ceux qui, ayant entendu des propos malsonnants, ne les ont pas aussitôt rapportés. Le mouchardage fait partie des vertus civiques. On s'y exerce dès le plus jeune âge, et l'enfant qui « rapporte » est félicité.

Pour être admis dans ce petit paradis de Bolchevo l'exemplaire, il ne suffit pas d'être un ancien bandit repentant ; il faut encore avoir livré les copains complices. C'est un moyen d'investigation pour la Guépéou, cette prime accordée à la délation.

Depuis l'assassinat de Kirov, la police a encore resserré ses mailles. La remise de la supplique des

jeunes gens à Émile Verhaeren (lors de son voyage
en Russie aussitôt avant la guerre) qu'admire Vildrac et qu'il raconte de manière charmante ne
serait certes plus possible aujourd'hui ; non plus
que l'activité révolutionnaire (disons : contre-
révolutionnaire, s'il vous plaît) de la Mère (du
très beau livre de Gorki) et de son fils : où l'on
trouvait hier, autour de soi, aide, appui, protection, connivence, on ne rencontre plus que surveillance et délation.

Du haut en bas de l'échelle sociale reformée,
les mieux notés sont les plus serviles, les plus lâches,
les plus inclinés, les plus vils. Tous ceux dont le
front se redresse sont fauchés ou déportés l'un
après l'autre. Peut-être l'armée rouge[1] reste-t-elle
un peu à l'abri ? Espérons-le ; car bientôt, de cet
héroïque et admirable peuple qui méritait si bien
notre amour, il ne restera plus que des bourreaux,
des profiteurs et des victimes.

1. J'ai vu un grand nombre de gens de la marine (à Sébastopol), officiers et simples marins. Les rapports des officiers
avec les hommes et de ces hommes entre eux semblaient d'une
cordialité si fraternelle, si simple que je ne laissai pas d'en être
ému. Une histoire a couru dans les journaux : dans un grand
restaurant de Moscou, à l'arrivée de quelques officiers, j'aurais
vu tout le public se lever et se mettre respectueusement au port
d'arme, invention si absurde que je n'avais pas cru nécessaire de
la démentir.

Alors ce malheureux être traqué, que devient l'ouvrier soviétique dès qu'il n'est plus parmi les favorisés, affamé, laminé, broyé, n'osant même plus protester, même plus se plaindre à voix haute, est-il bien surprenant qu'il réinvente un Dieu et cherche issue dans la prière ? À quoi d'humain peut-il en appeler ?...

Quand nous lisons qu'aux derniers offices de Noël les églises étaient bondées, il n'y a pas là de quoi nous surprendre. Aux spoliés l'« opium ».

*

Je viens de découvrir, dans le coin de la cage de la tourterelle tombée du nid que j'élève ici (à Cuverville) depuis trois mois, — je viens de découvrir que deux des grains de blé que je lui donne en pâture, que deux de ces grains ont germé, tout près du petit abreuvoir de l'oiseau, qui parfois déborde un peu ; et cela a fourni à ces graines, égarées dans l'étroite fente qui règne entre le côté de la cage et son plancher, l'humidité nécessaire ; elles ont tout d'un coup (c'est-à-dire que je m'en suis tout d'un coup aperçu) dardé chacune une mince baïonnette vert pâle, qui déjà mesure quatre à cinq centimètres de haut. Et ceci, qui pourtant est tout naturel, m'a plongé dans un tel

émerveillement que durant longtemps je n'ai pu
penser à rien d'autre. C'est vrai : on compte les
grains, on les pèse ; ils sont là qui roulent doci-
lement comme des petites choses à peu près rondes, dures et culbutables à souhait. Et soudain
voici que l'un de ces grains tient à prouver qu'il
est tout de même une chose vivante ! À la grande
stupeur de l'administrateur, penché par-dessus les
barreaux de la cage, lequel n'y avait plus pensé.

Mais certains théoriciens du marxisme[1] me paraissent manquer singulièrement de cette sorte
d'humeur capable d'amollir jusqu'à germination
les graines. Certes, le sentiment n'a que faire ici :
il ne sied pas de recourir à la charité pour ce qui
se doit imposer par justice. S'apitoyer sur la misère, l'arroser de larmes, c'est l'entretenir, alors
qu'il faudrait l'empêcher. (Il importe aussi de ne
point laisser se mouiller la poudre dont la Révolution aura besoin.)

Ce que l'on appelle : le cœur, est appelé à « dépé-
rir[2] », faute d'emploi. De là certaine sécheresse,

---

1. L'œuvre entière de Marx et de Engels est dictée par une
extraordinaire générosité ; mais plus encore par un impérieux
besoin de justice.
2. J'emprunte ce mot au vocabulaire marxiste, ainsi que faisait Lénine lorsqu'il écrivait (*L'État et la Révolution*) : « L'expression "l'État *dépérit*" est très heureuse, car elle exprime à la fois
la lenteur du processus et sa spontanéité » (*Œuvres complètes*,
XXI, p. 515).

un peu trop facilement obtenue : certain appauvrissement particulier par suite (ou en vue) d'une
amélioration globale… Ces considérations m'en-
traîneraient trop loin ; je les réserve.

V

M. Fernand Grenier cite avec approbation ma phrase du *Retour de l'U.R.S.S.* : « Du moins ceci reste acquis : il n'y a plus, en U.R.S.S., l'exploitation du grand nombre pour le profit de quelques-uns. C'est énorme. » Et Grenier ajoute : « En effet, camarades, c'est énorme ! » aux applaudissements de l'auditoire.

En effet, c'est énorme. C'était énorme. Mais cela cesse d'être exact. Et j'y insiste, car c'est là le point important. Yvon le dit fort justement : « La disparition du capitalisme n'apporte pas forcément au travailleur sa libération. » Il est bon que le prolétaire français le comprenne. Ou mieux : il serait bon qu'il le comprît. Quant au soviétique, il commence à perdre cette illusion de travailler enfin pour lui-même et de reconquérir ainsi sa dignité. Sans doute il n'y a plus, pour exploiter son travail, des capitalistes actionnaires. Mais il est exploité tout de même, et d'une manière si retorse, si subtile, si détournée, qu'il ne sait plus à qui s'en prendre. Ce sont ses salaires insuffisants qui permettent les salaires disproportionnés des autres. Ce n'est pas lui qui profite de son travail, de son « sur-travail », ce sont les favorisés, les bien vus, les souples, les gorgés ; et c'est avec ce que, sur les humbles salaires, l'on prélève, que l'on arrondit les gros traitements mensuels de dix mille roubles et plus.

Pour plus de précision, je transcris l'éloquent tableau que dresse M. Yvon[1]. Nul n'oserait en contester l'exactitude :

|  | SALAIRES EXTRÊMES | SALAIRES HABITUELS |
|---|---|---|
| *ouvrier*............... | de 70 à 400 r. | 125 à 200 r. |
| *petit employé*........... | de 80 à 250 r. | 130 à 180 r. |
| *bonnes (domestiques)*..... | de 50 à 60 r. plus évidemment la nourriture et le coucher. | |
| *employés et techniciens moyens*............... | de 300 à 800 roubles. | |
| *grands responsables et spécialistes, hauts fonctionnaires, certains professeurs, artistes, écrivains*.............. | de 1 500 à 10 000 roubles et plus ; on cite, pour certains, des revenus mensuels de 20 à 30 000 roubles. | |

1. M. Yvon : *Ce qu'est devenue la Révolution russe.*

Le tableau comparatif des Retraites n'est pas
moins éloquent.

Pensions ouvrières : de 25 à 80 roubles par mois
    sans aucun privilège.
Pensions des veuves de hauts fonctionnaires et
    grands spécialistes : de 250 à 1 000 roubles par
    mois, plus des villas ou appartements en viager
    et des bourses d'études pour les enfants, parfois
    même pour les petits-enfants.
    Suivent les déductions sur les salaires (les salaires
au-dessous de 150 roubles par mois sont partiellement exonérés) — soit 15 à 21 % de retenue.
Je ne puis citer tout le chapitre ; mais la brochure
entière est à lire.

Cinq roubles de salaire par jour ; souvent moins
encore. Je laisse comparer avec les salaires de chez
nous ; et même avec les allocations de chômage.
Le pain, il est vrai, coûte moins cher qu'en France
(le pain de seigle 0,85 le kilo, le pain blanc
1,70 rouble, en 1936), mais les vêtements les plus
ordinaires, les objets de première nécessité sont
« hors de prix ». Le rouble avait un peu moins
de puissance d'achat que notre franc avant son
« alignement[1] ». Et que l'on ne vienne pas trop

---

1. En 1936 le pouvoir d'achat d'un salaire mensuel moyen
est de 225 kg de pain de seigle. En 1914, le pouvoir d'achat
des 30 roubles que l'ouvrier moyen gagnait par mois était de
600 kg de ce pain.

parler de divers avantages dont puisse profiter l'ouvrier en dehors de son traitement : les avantages accompagnent, le plus souvent, les gros salaires.

L'on se demande : pourquoi ces prix si élevés des produits manufacturés, ou même des produits naturels (lait, beurre, œufs, viande, etc.) puisque l'État est le vendeur ? Mais tant que les marchandises ne seront pas en quantité suffisante, tant que l'offre restera si lamentablement inférieure à la demande, il ne sera pas mauvais de décourager un peu celle-ci. Les marchandises ne s'offriront qu'à ceux qui seront en état de payer les hauts prix. Le grand nombre souffrira seul de la disette.

Ce grand nombre pourrait bien n'approuver point le régime ; il importera donc de ne point le laisser parler[1].

*

Lorsque M. Jean Pons s'extasie devant le

1. De là les effroyables répressions récentes. Staline lui-même disait pourtant, il y a quelques années : « De deux choses l'une : ou nous renoncerons à l'optimisme et aux procédés bureaucratiques et nous nous laisserons critiquer par les ouvriers et les paysans sans parti qui souffrent de nos fautes, ou le mécontentement s'accumulera et nous aurons une critique par voie d'insurrection » (extrait d'un discours de Staline, cité par Souvarine : *Staline*, p. 350).

relèvement progressif de la moyenne des salaires[1] :

En 1934 : 180 roubles (en moyenne)
En 1935 : 260 roubles (en moyenne)
En 1936 : 360 roubles (en moyenne)

je l'invite à remarquer que les petits salaires des simples ouvriers restent les mêmes et que ce relèvement de la *moyenne*, c'est au plus grand nombre des favorisés et à leurs traitements grossis qu'on le doit.

Et du reste la moyenne ne s'élève point tant que ne s'élève aussi le coût général de la vie, et que le rouble ne perde de sa puissance d'achat[2].

Alors il se produit cette chose paradoxale : des salaires de 5 roubles par jour, ou moins encore, réduisent à la presque extrême misère le plus

1. Friedmann s'efforce de considérer le stakhanovisme comme un habile moyen de relèvement des salaires. Je crains qu'il ne faille surtout y voir un moyen d'exiger de l'ouvrier ordinaire un rendement supérieur.
2. Les statistiques officielles nous apprennent que, de 1923 à 1925, le salaire total des ouvriers d'industrie lourde s'était accru de 52 % ; mais durant cette même période, l'accroissement des appointements des fonctionnaires avait été de 94,8 %, et de 103,3 % celui des employés de commerce. Du reste, par suite de la diminution du pouvoir d'achat du rouble, cette augmentation de salaire ne représentait nullement une augmentation de bien-être.

grand nombre des travailleurs, pour permettre à certains privilégiés de plus énormes traitements[1] — et pour subvenir aux frais d'une intense propagande destinée à faire croire aux ouvriers de chez nous que les ouvriers russes sont heureux. On souhaiterait le savoir un peu moins ; ce qui leur permettrait de l'être un peu davantage.

1. Que l'ouvrier bénéficie du produit intégral de son travail, il n'en est pas question. Ni Marx, ni Engels n'ont envisagé cela.

Le « surtravail » des uns qui, dans la société capitaliste, permet l'oisiveté des autres, d'un petit nombre d'autres, et entraîne l'antagonisme des classes ainsi formées, ce surtravail, dit Marx, « ne saurait être supprimé » (et Marx indique par là que l'ouvrier ne doit pas espérer tirer bénéfice personnel de la totalité de son travail).

« Une certaine quantité de surtravail, dit-il, est exigée par l'assurance contre les accidents, par... etc. » L'énumération est forcément incomplète. Il faut y faire entrer certaine accumulation permettant, en plus de l'entretien de la machine, « la constitution d'éléments devant servir à des progrès nouveaux ». Ajoutons-y, puisque la non-socialisation des États voisins nous y force (et c'est un corollaire de la socialisation « dans un seul pays »), l'entretien de l'armée rouge. Ceci, je pense que Marx l'eût admis. Mais ce qui lui paraîtrait monstrueux, c'est que le surtravail des uns, du grand nombre, vînt permettre le sursalaire des autres. On s'achemine ainsi à la formation d'une classe privilégiée et nullement à « une réduction plus grande du temps consacré au travail matériel » (*Capital*, XIV).

# VI

Ne plus se sentir exploité, c'est énorme. Mais comprendre qu'on l'est encore et ne plus savoir par qui ; ne plus trouver à qui se prendre de sa misère, qui accuser !... Dans cet évanouissement du grief, je crains que Céline n'ait raison de voir le parfait comble de l'horreur. Il dit puissamment :

« Encore nous ici, on s'amuse ! On n'est pas forcé de prétendre ! On est encore des "opprimés" ! On peut reporter tout le maléfice du Destin sur le compte des buveurs de sang ! Sur le cancer "l'Exploiteur" ! Et puis se conduire comme des garces. Ni vu, ni connu !... Mais quand on a plus le droit de détruire ? Et qu'on ne peut même pas râler ? La vie devient intolérable !... » (*Mea Culpa*).

Ce matin (8 février 1937) X... m'apporte triomphalement le *Temps* d'hier soir pour m'y lire :

« Au cours des deux quinquennats, le budget

de l'Ukraine s'est accru de plus de sept fois[1]. La plus grande partie des dépenses du nouveau budget est destinée aux mesures sociales et culturelles, dont 2 564 millions de roubles pour l'instruction publique, et 1 227 millions pour les besoins de la santé publique. » — Hein, qu'avez-vous à redire à cela ?

Ouvrant le livre de Louis Fischer, pourtant si favorable à l'U.R.S.S., à la page 196, je réponds à X… en lisant à mon tour :

« J'ai l'impression que le prolétariat régnant est en train de céder le terrain à des concurrents, car les seize nouveaux sanatoria en construction (à Kislovodsk, "la plus grande station thermale du monde") sont presque tous construits par des services gouvernementaux tels que la Banque d'État, le Commissariat de l'Industrie lourde, le Commissariat des Postes et Télégraphes, la *Pravda*, etc. Toutes ces administrations emploient aussi des ouvriers ; mais j'imagine que les fonctionnaires auront plus facilement accès aux lits et aux bains que les ouvriers[2]. »

1. Ce qui n'a nullement entraîné le relèvement des petits salaires. C'est toujours aux dépens de ceux-ci que le « fonds d'accumulation » se constitue.

2. Le livre de Louis Fischer sur l'U.R.S.S. est fort intéressant. Extrêmement favorable à l'U.R.S.S., les critiques y restent discrètes ; mais, tout de même, pour qui sait bien lire, elles y sont.

La description charmante qu'il fait de certains petits États caucasiens laisse supposer que bien des rameaux de l'arbre soviétique sont verdoyants encore. C'est le tronc même qui pourrit.

Louis Fischer est bien gentil lorsqu'il parle de l'« indolence des Syndicats ». À l'entendre, il ne tiendrait qu'à eux, les syndicats, d'empêcher « les fonctionnaires du gouvernement, les ingénieurs et autres *groupes stratégiquement situés* d'accaparer les meilleurs appartements, de prendre plus que leur part dans les sanatoria, etc. ». Non, non ; les syndicats sont impuissants là où la bureaucratie domine. Dictature du prolétariat, nous disait-on. Nous sommes de plus en plus loin de compte. De plus en plus, c'est « la dictature de la bureaucratie sur le prolétariat[1] ».

Car le prolétariat n'a même plus la possibilité d'élire un représentant qui défende ses intérêts lésés. Les votes populaires, ouverts ou secrets, sont une dérision, une frime : toutes les nominations, c'est de haut en bas qu'elles se décident, qu'elles se font. Le peuple n'a le droit d'élire que ceux qui sont par avance choisis. Le prolétariat est joué. Bâillonné, ligoté de toutes parts, la résistance lui est devenue à peu près impossible. Ah ! la partie a été bien menée, bien gagnée par Staline ; aux

1. « En réalité, les syndicats comme les Soviets avaient cessé d'exister (en 1924). Les ouvriers n'attendaient ni protection, ni secours de cette administration dispendieuse aux mains d'un "appareil" de 25 000 fonctionnaires, strictement subordonné aux bureaux du Parti. » (Souvarine : *Staline*, p. 347.)

grands applaudissements des communistes du monde entier qui croient encore, et croiront longtemps que, en U.R.S.S. du moins, ils ont remporté la victoire, et considèrent comme des ennemis et des traîtres tous ceux qui n'applaudissent pas.

*

La bureaucratie, considérablement renforcée depuis la fin de la Nep, s'immisce dans les sovkhozes et les kolkhozes. La *Pravda* du 16 septembre 1936 évalue, après enquête, à plus de 14 %, dans le personnel des stations de machines agricoles par exemple, le nombre des employés inutiles[1].

De cette bureaucratie, créée d'abord comme instrument de gérance, puis de domination, Staline devient lui-même l'esclave, prétendent certains. Rien de plus difficile à déloger d'une sinécure que des fainéants sans valeur personnelle. En 1929 déjà Ordjonikidze s'effarait de cette « quantité colossale de propres-à-rien » qui ne veulent rien savoir du véritable socialisme et ne travaillent qu'à empêcher sa réussite. « Les gens dont on ne sait que faire et dont nul n'a besoin, on les place

---

1. La rémunération de la bureaucratie dévorait 8,5 % du revenu national, avant la guerre ; 10 % en 1927. Je n'ai pas les estimations plus récentes.

dans les commissions de contrôle », disait-il. Mais plus ces gens sont incapables, plus Staline peut compter sur leur dévouement conformiste ; car ils ne doivent leur situation avantagée qu'à la faveur. Ce sont, il va sans dire, de chauds approbateurs du régime. En servant la fortune de Staline, ils protègent la leur.

\*

Des trois conditions que Lénine estimait indispensables pour éviter que les fonctionnaires ne devinssent des bureaucrates : 1° amovibilité perpétuelle et éligibilité en tout temps ; 2° salaire égal à celui de l'ouvrier moyen ; 3° participation de tous au contrôle et à la surveillance, de manière — insistait-il — que tous soient temporairement fonctionnaires, mais que personne ne puisse devenir « bureaucrate » — de ces conditions, aucune des trois n'est remplie.

On ne peut relire, au retour de l'U.R.S.S., le petit livre de Lénine sur *L'État et la Révolution*, sans serrement de cœur. Car aujourd'hui, en U.R.S.S., l'on est plus loin que l'on n'était hier, je ne dis pas seulement de la société communiste rêvée, mais même de ce stade intermédiaire qui permettrait d'atteindre au socialisme.

Nous lisons encore, dans le même petit livre de Lénine :

« Kautsky dit en somme ceci : Tant qu'il y aura des employés élus, il y aura des fonctionnaires ; la bureaucratie subsistera donc en régime socialiste ! Rien n'est plus faux. Marx a montré, par l'exemple de la Commune, que les détenteurs de fonctions publiques cessent, en régime socialiste, d'être des "bureaucrates", des "fonctionnaires", et cela au fur et à mesure qu'on en établit, *outre l'élection, l'amovibilité en tout temps, au fur et à mesure qu'on en réduit le traitement au salaire moyen d'un ouvrier* et qu'on remplace les institutions parlementaires par des institutions de travail, c'est-à-dire faisant des lois et les exécutant[1]. »

Et l'on se demande alors si Kautsky ne prend pas aujourd'hui sa revanche et lequel des deux, de Lénine ou de lui, Staline, emprisonnerait ou fusillerait aujourd'hui ?

---

1. « La première étape dans la révolution ouvrière est la constitution (l'élévation) du prolétariat en classe dominante, la conquête de la démocratie », disaient Marx et Engels dans leur fameux Manifeste. « Conquête de la démocratie » — oui, mais la démocratie a non pas conquis, mais été conquise.

# VII

Sur plus d'un point la Nouvelle Constitution se montre préoccupée de répondre par avance aux critiques, de parer aux attaques qu'elle sait bien qu'elle va mériter. Les dirigeants savent parfaitement que la direction de la machine échappe au peuple ; qu'entre le peuple et ceux qui sont censés le représenter, tout contact réel est rompu. Et c'est là ce qu'ils veulent. Il importe donc d'autant plus de donner à croire que ce contact n'aura jamais été plus étroit ; qu'il y aura « renforcement de contrôle des masses à l'égard des organes soviétiques et responsabilité accrue des organes soviétiques vis-à-vis des masses », comme dit *L'Humanité* du 13 mars. Elle ajoute : « Le nouveau système électoral consolidera le lien des élus du peuple avec les masses des électeurs. » Parfait ! Et cela est si beau que le même article peut bien, ensuite, ne point dissimuler l'intention où l'on est de « diriger les élections », de « critiquer les mauvaises candidatures, de s'y opposer sans attendre leur fiasco au moment du vote secret ». De sorte que l'on ne saurait trop admirer cette prudente prévoyance. Songez donc ! il serait si désagréable de recommencer l'erreur du 19 octobre 1934, jour où fut laissée au peuple la possibilité d'élire (au plénum du Comité régional de Kiev, par exemple) « des gens démasqués aujourd'hui comme ennemis du parti ». De là la nécessité, vite, avant les élections, de « supprimer tout ce qui entrave le développement du noyau actif du parti ». Après quoi seulement les élections pourront être « libres ».

Aussi, je crains bien que ne se fasse donner sur les doigts tel rédacteur d'une feuille — que je me garderai de désigner par grande crainte de lui nuire — qui, malgré son entier dévouement à l'U.R.S.S. de Staline et à la Nouvelle Constitution, ose hasarder, en cours de louange, cette timide observation (27 février dernier) : « Nous craignons précisément que, dans le système actuel, les organes de l'État ne se confondent plus avec la masse des travailleurs, comme ils faisaient dans le système des Soviets, mais tendent au contraire à se différencier d'elle.

« — Pourquoi ?...

« — Mais en raison de la distance des électeurs

entre eux ; de la distance entre les électeurs et leur député. »

Et l'imprudent critique ose rappeler que « les dernières statistiques montraient qu'un citoyen sur soixante était député à un soviet quelconque », que « ce soviet, quel qu'il fût, était une pierre de la pyramide et exerçait son influence sur la politique générale du pays ». Or, c'est bien cela précisément qui gênait. C'est à cela qu'il fallait mettre bon ordre : « La cellule politique permanente de la base n'existe plus[1]. »

Nous ne pouvons donc que souscrire entièrement à la déclaration de Sir Walter Citrine où il exprime sa « conviction que l'U.R.S.S., comme les autres dictatures, est gouvernée par une poignée d'hommes et que la grande masse du peuple n'a[2] aucune part, ou en tout cas qu'une part très petite, dans le gouvernement du pays ».

*

1. Je ne crois pas du tout à la plus grande sagesse du plus grand nombre ; mais il ne s'agit pas de cela. Il s'agit de permettre à ce plus grand nombre, lorsqu'il souffre, de faire entendre sa plainte ; et que l'élu qui la transmet, l'on consente de l'écouter.
2. Citrine écrit : « N'a eu jusqu'aujourd'hui » ; mais ce qu'il disait en 1935, il pourrait le redire, et avec plus d'assurance encore, depuis la Nouvelle Constitution.

En attendant, et en fin de compte, c'est toujours le peuple qui paie ; si indirectement que ce soit. D'une manière ou d'une autre, — par l'exportation des denrées alimentaires, dont pourtant le peuple a le plus grand besoin, ou l'écart monstrueux entre les prix des produits agricoles et ceux de ces mêmes produits livrés à la consommation, ou par des prélèvements directs — c'est toujours aux dépens de la classe ouvrière ou paysanne, aux dépens de leur fonds de consommation, que se constitue le fonds d'accumulation nécessaire et sans cesse déficient. Ceci était vrai dès le premier plan quinquennal et continue de l'être encore. Lorsque ce fonds d'accumulation, en plus de l'élan qu'il doit fournir à la machine entière, c'est à des fins pratiques, utilitaires, philanthropiques qu'on le destine, passe encore. Les hôpitaux, les maisons de repos, les établissements de culture, etc., on peut croire que le peuple en profite ; ou espérer qu'il en profitera. Mais que penser lorsque, durant une telle détresse, ce fonds d'accumulation s'en va servir à édifier un Palais des Soviets (des défunts Soviets) pour le plus grand épatement du camarade Jean Pons. Songez donc ! Un monument de 415 mètres de haut (« les New-Yorkais, dit-il, en pâlissent de rage ») surmonté par une statue de Lénine de 70 à 80 mètres, en acier inoxydable, dont un seul doigt mesurera dix mètres de long[1]. Allons ! l'ouvrier saura du moins pourquoi il meurt de faim. Il pourra même penser : ça vaut la peine. À défaut de pain, il y a là de quoi se gonfler. (Ceux qui se gonfleront, ce seront peut-être surtout les autres.) Et le plus admirable, c'est qu'on le lui fera voter, ce palais, vous verrez ; et à l'unanimité encore ! On lui demandera, au peuple russe, ce qu'il préfère : plus de bien-être ou le palais ? et il n'y en a pas un qui ne répondra, qui ne se sentira tenu de répondre : Palais d'abord.

« À chaque palais que je vois élever dans la capitale, je crois voir mettre en masures tout un pays », écrivait Jean-Jacques (*Contrat social*, III, 13). « En masures », les ouvriers soviétiques ? Ah ! plût à Staline ! Ils sont parqués dans des taudis.

\*

Je ne connaissais point tout ceci lorsque j'étais en U.R.S.S., non plus que je ne connaissais le fonctionnement des grandes Compagnies Concessionnaires lorsque je voyageais au Congo. Ici comme là, je constatais des effets désastreux, dont encore

---

1. Nous ne nous permettrons point de mettre en doute les chiffres fournis par Jean Pons, non plus ici qu'ailleurs. Mais un doigt de 10 mètres pour une hauteur totale de 70 à 80 mètres ?… Espérons du moins que Lénine est assis.

je ne pouvais bien comprendre les causes. Ce n'est qu'après avoir écrit mon livre sur l'U.R.S.S. que j'ai achevé de m'instruire. Citrine, Trotski, Mercier, Yvon, Victor Serge, Legay, Rudolf et bien d'autres m'ont apporté leur documentation. Tout ce qu'ils m'ont appris, et que je ne faisais que soupçonner, a confirmé, renforcé mes appréhensions. Il est grand temps que le parti communiste de France consente à ouvrir les yeux ; grand temps qu'on cesse de lui mentir. Ou, sinon, que le peuple des travailleurs comprenne qu'il est dupé par les communistes, comme ceux-ci le sont aujourd'hui par Moscou.

# VIII

J'avais, depuis trois ans, trop macéré dans les écrits marxistes, pour me trouver, en U.R.S.S., très dépaysé. J'avais, d'autre part, trop lu de récits de voyages, de descriptions enthousiastes, d'apologies. Mon grand tort était de trop croire aux louanges. C'est aussi que tout ce qui aurait pu m'avertir était dit d'un ton si hargneux... Je crois plus volontiers l'amour que la haine. Oui, je faisais crédit, confiance. Aussi bien ce qui là-bas me gêna, ce ne fut point tant l'imparfait, que de retrouver aussitôt les avantages que je voulais fuir, les privilèges que j'espérais abolis. Certes, il me paraissait naturel que l'on cherchât à recevoir aussi bien que possible un hôte, à lui présenter partout le meilleur. Mais ce qui m'étonnait c'était, entre ce meilleur et la part commune, un tel écart ; le privilège si excessif auprès de l'ordinaire si médiocre ou si mauvais.

C'est peut-être un travers de mon esprit et de

sa formation protestante : je me méfie des idées qui rapportent et des opinions « confortables » ; je veux dire : dont celui qui les professe peut espérer tirer profit.

Et je vois bien, parbleu, sans qu'il y ait précisément tentative de corruption, l'avantage que le gouvernement soviétique peut trouver à faire la part si belle aux artistes et littérateurs, à tous ceux qui peuvent chanter sa louange ; mais aussi je vois trop l'avantage que le littérateur peut trouver à approuver le gouvernement et une constitution qui le favorise à ce point. Aussitôt, j'entre en garde. Je crains de me laisser séduire. Les bénéfices démesurés que l'on m'offre là-bas me font peur. Je ne vais pas en U.R.S.S. pour retrouver des privilèges. Ceux qui m'y attendaient sont flagrants.

Et pourquoi ne dirais-je pas cela ?

Les journaux de Moscou m'avaient appris qu'en quelques mois plus de 400 000 exemplaires de mes livres s'étaient vendus. Je laisse supputer le pourcentage des droits d'auteur. Et les articles si grassement payés ! Eussé-je écrit sur l'U.R.S.S. et sur Staline un dithyrambe, quelle fortune !...

Ces considérations n'auraient pas retenu ma louange ; elles n'empêcheront non plus mes critiques. Mais, je l'avoue, la situation extraordinairement avantagée (et plus qu'en aucun autre pays d'Europe) consentie à tous ceux qui tiennent une plume, pourvu qu'ils écrivent dans le bon sens, n'a pas peu fait pour m'avertir. De tous les ouvriers et artisans de l'U.R.S.S., les littérateurs sont de beaucoup les plus favorisés. Deux de mes compagnons de voyage (chacun avait la traduction d'un livre sous presse) couraient les magasins d'antiquités, les marchands de curiosités, les revendeurs, ne sachant comment dépenser les quelques milliers de roubles d'avances qu'ils venaient de toucher et savaient ne pouvoir exporter. Quant à moi, je ne pus qu'à peine entamer une réserve énorme, car tout, là-bas, me fut offert. Oui, tout : depuis le voyage lui-même jusqu'aux paquets de cigarettes. Et chaque fois que je sortais mon portefeuille pour régler une note de restaurant ou d'hôtel, pour payer une facture, acheter des timbres, un journal, le sourire exquis et le geste autoritaire de notre guide m'arrêtait : « Vous plaisantez ! Vous êtes notre hôte, et vos cinq compagnons avec vous. »

Certes, je n'eus à me plaindre de rien, durant tout le cours de mon voyage en U.R.S.S., et de toutes les explications malignes que l'on inventa pour invalider mes critiques, celle qui tendit à les faire passer pour l'expression d'une insatisfaction personnelle est bien la plus absurde. Jamais encore je n'avais voyagé dans des conditions si fastueuses. En wagon spécial ou dans les meilleures

autos, toujours les meilleures chambres dans les
meilleurs hôtels, la chère la plus abondante et la
mieux choisie. Et quel accueil ! Quels soins !
Quelles prévenances ! Acclamé partout, adulé,
choyé, fêté. Rien, pour m'être offert, ne semblait
trop bon, trop exquis. J'aurais eu bien mauvaise
grâce à repousser ces avances ; ne le pouvais ;
et j'en garde un souvenir merveilleux, une vive
reconnaissance. Mais ces faveurs mêmes rappe-
laient sans cesse des privilèges, des différences, où
je pensais trouver l'égalité.

Quand, m'échappant à grand-peine aux offi-
cialités, aux surveillances, j'avais frayé avec des
tâcherons dont le salaire n'est que de quatre ou
cinq roubles par jour, le banquet en mon honneur, auquel je ne pouvais me dispenser de prendre part, que voulait-on que j'en pense ? Un
banquet, presque quotidien, où déjà l'abondance
des hors-d'œuvre était telle qu'on était trois fois
rassasié avant qu'ait commencé le vrai repas ; un
festin de six plats, lequel durait plus de deux heures et vous laissait tout assommé. Quelle dépense ! N'ayant jamais pu voir une note, je ne la
puis préciser. Mais un de mes compagnons, fort
au courant des prix, estime que chaque banquet devait revenir à plus de trois cents roubles
par tête, avec les liqueurs et les vins. Or nous
étions six compagnons, sept avec notre guide ; et

souvent autant d'inviteurs que d'invités, parfois beaucoup plus[1].

Durant tout le voyage, nous n'étions pas à proprement parler les invités du gouvernement, mais bien de la riche Société des Auteurs Soviétiques. Quand je songe aux frais qu'elle fit pour nous, je doute si la mine d'or de mes droits d'auteur, que je leur abandonne, pourra suffire à la dédommager.

Évidemment, ils escomptaient un autre résultat de si généreuses avances. Et je pense qu'une part de ce dépit que me fit sentir la *Pravda* vient de là : je n'ai pas été très « rentable ».

---

1. Je transcris cette page d'un carnet de route où je notais au jour le jour :

« Le dîner commandé pour huit heures commence à 8 h 1/2. À 9 h 1/4 on n'a pas achevé de *passer* les hors-d'œuvre.

« (Nous avions été nous baigner au Parc de Culture, Herbart, Dabit, Koltsov et moi ; nous avions grand-faim.) Je dévore grande quantité de petits pâtés. Attendu à la maison de santé, je lève la séance quand, vers 9 h 1/2, je vois apporter des cuillères à potage ; un potage de légumes, avec morceaux de poulet ; on annonçait des timbales de queues d'écrevisses, doublées de timbales de champignons, puis un poisson, divers rôtis et des légumes… J'abandonne pour aller achever ma valise, puis préparer "quelques lignes" pour la *Pravda* au sujet de la cérémonie du jour. Je reviens à temps pour ingurgiter encore un énorme morceau de bombe glacée. Je n'ai pas seulement horreur de ces festins ; je les réprouve. (Il faudra que je m'en explique avec Koltsov.) Ils ne sont pas seulement absurdes, mais immoraux — antisociaux. »

*

Je vous assure qu'il y a dans mon aventure soviétique quelque chose de tragique. En enthousiaste, en convaincu, j'étais venu pour admirer un
nouveau monde, et l'on m'offrait, *afin de me séduire*, toutes les prérogatives que j'abominais
dans l'ancien.

— Vous n'y entendez rien, me dit un excellent
marxiste. Le communisme ne s'oppose qu'à l'exploitation des hommes par l'homme ; combien de
fois faudra-t-il vous le répéter ? Et ceci obtenu,
vous pourrez être aussi riche qu'un Alexis Tolstoï
ou qu'un chanteur de grand opéra, du moment
que vous aurez acquis votre fortune par votre travail personnel. Dans votre mépris et votre haine
de l'argent, de la possession, je vois une regrettable survivance de vos premières idées chrétiennes.

— Il se peut.

— Et convenez qu'elles n'ont rien à voir avec
le marxisme.

— Hélas !...

*

Je sais bien, et l'on me répète, que certains traits
de caractère, des plus charmants parfois, comme

cette cordialité subite, cette générosité inconsidérée qui disposait aussitôt de ma sympathie, ainsi que les défauts flagrants qui compromettent les réussites, sont imputables au tempérament semi-oriental des Russes et non point au nouveau régime ; que j'eusse rencontré les mêmes à bien peu près, défauts ou qualités, du temps des tsars. Aussi bien, je crois que c'est une erreur d'attendre et d'espérer des seules circonstances sociales différentes un changement profond de la nature humaine. Que l'on m'entende : ce changement, il importe, il suffit déjà, qu'elles le permettent ; et c'est beaucoup. Mais elles ne les motiveront pas. Car rien de mécanique ici, et, sans réforme individuelle intérieure, nous voyons la société bourgeoise se reformer, le « vieil homme » reparaître et à nouveau s'épanouir.

Tant que l'homme est comprimé, tant que la contrainte des iniquités sociales le maintient prostré, l'on est en droit d'espérer beaucoup de l'inéclos qu'il porte en lui. Tout comme l'on attend souvent des merveilles d'enfants qui, par la suite, deviendront des adultes très ordinaires. L'on a souvent cette illusion que le peuple est composé d'hommes meilleurs que le reste de l'humanité décevante. Je crois simplement qu'il est moins *gâté* ; mais que l'argent le pourrirait comme les autres. Et voyez ce qui se passe en U.R.S.S. :

cette nouvelle bourgeoisie qui se forme a tous les
défauts de la nôtre. Elle n'est pas plus tôt sortie
de la misère qu'elle méprise les miséreux. Avide de
tous les biens dont elle fut si longtemps privée,
elle sait comment il faut s'y prendre pour les ac-
quérir et pour les garder. « Sont-ce vraiment ces
gens qui ont fait la Révolution ? Non, ce sont ceux
qui en profitent », écrivais-je dans mon *Retour de
l'U.R.S.S.* Ils peuvent bien être inscrits au parti ;
ils n'ont plus rien de communiste dans le cœur.

# IX

Ceci reste pourtant : le peuple russe paraît heureux. Je m'accorde entièrement ici avec les témoignages de Vildrac, de Jean Pons, et je n'ai pu lire leurs récits de voyage sans une sorte de nostalgie. Car, je l'ai dit aussi : nulle part autant qu'en U.R.S.S. le peuple même, les gens que l'on croise dans la rue (du moins les jeunes), les ouvriers des usines que l'on visite, les foules qui se pressent dans les lieux de repos, de culture ou de plaisir, n'offrent un dehors si riant. Comment concilier cette apparence avec l'affreuse misère où l'on sait à présent que le plus grand nombre est plongé ?

Ceux qui ont beaucoup circulé en U.R.S.S. m'affirment que Vildrac, Pons et moi-même eussions déchanté si nous avions quitté les grands centres et nous étions écartés des parcours touristiques. Ils parlent de régions entières où la détresse saute aux yeux. Et puis...

La misère en U.R.S.S. est mal vue. Elle se cache. On la dirait coupable. Elle s'exposerait non à la pitié, à la charité secourante, mais au mépris. Ceux qui se montrent sont ceux dont le bien-être est acquis aux dépens de cette misère. Pourtant, on en voit quantité d'autres, des affamés même, qui restent souriants et dont le bonheur, disais-je, est fait « de confiance, d'ignorance et d'espoir[1] ».

Si tout ce que nous voyons en U.R.S.S. paraît joyeux, c'est aussi que tout ce qui n'est pas joyeux devient suspect ; c'est qu'il est extrêmement dangereux d'être triste, ou du moins de laisser paraître sa tristesse. La Russie n'est pas un lieu pour la plainte ; mais la Sibérie.

*

1. Il faut pourtant mentionner encore une prodigieuse aptitude du peuple russe à *vivre*. « La vitalité d'un chat », disait de lui-même Dostoïevski, s'étonnant d'avoir traversé d'incomparables épreuves, sinon sans en souffrir, du moins sans en être diminué. Un amour de la vie qui triomphe de tout, fûtce par indifférence ou apathie, mais bien plutôt, bien plus souvent, par abondance intérieure, amusement, lyrisme, jaillissement artésien d'une joie inexpliquée, inexplicable ; n'importe quand, n'importe comment, n'importe où… J'aurais dû dire : une extraordinaire aptitude et propension au bonheur. En dépit de tout. Et c'est bien par là que Dostoïevski reste si représentatif. C'est aussi par là qu'il me touche si profondément, si fraternellement, et, à travers lui, avec lui, tout le peuple russe. Aucun peuple sans doute ne se serait prêté si magnanimement à une aussi tragique expérience.

L'U.R.S.S. est assez prolifique pour permettre sans qu'il y paraisse des coupes sombres parmi le cheptel humain. L'appauvrissement est d'autant plus tragique qu'il est insensible. Ceux qui disparaissent, que l'on fait disparaître, ce sont les plus valeureux ; peut-être pas comme rendement matériel, mais ce sont ceux qui diffèrent, se diversifient de la masse et celle-ci n'assure son unité, son uniformité, que dans une médiocrité qui tend à devenir toujours plus basse.

Ce qu'on appelle l'« opposition » en U.R.S.S., c'est la libre critique, c'est la liberté de pensée. Staline ne supporte que l'approbation ; il tient pour adversaires tous ceux qui n'applaudissent pas. Et souvent il advient qu'il fasse sienne, par la suite, telle réforme proposée ; mais, s'il s'empare de l'idée, pour mieux la faire sienne il supprime d'abord celui qui la propose. C'est sa façon d'avoir raison. De sorte que bientôt ne resteront autour de lui que ceux qui ne sauraient lui donner tort parce qu'ils n'ont plus d'idées du tout. C'est là le propre du despotisme : s'entourer non de valeurs, mais de serviabilités.

Quelle que soit l'affaire qui amène devant n'importe quel tribunal n'importe quels travailleurs et si juste que puisse être leur cause, malheur à l'avocat qui se lèvera pour les défendre, du moment que la direction veut les condamner.

\*

Et des déportés, par milliers… ceux qui n'ont pas su, pas voulu courber le front comme et autant qu'il eût fallu.

Je n'ai nul besoin de penser, comme faisait l'autre jour M… : « Diable ! cela pourrait bien m'arriver un jour… » Ces victimes, je les vois, je les entends, je les sens tout autour de moi. Ce sont leurs cris bâillonnés qui m'ont réveillé cette nuit ; c'est leur silence qui me dicte aujourd'hui ces lignes. C'est en songeant à ces martyrs que j'écrivais ces mots contre lesquels vous protestiez, et parce que la tacite reconnaissance de ceux-là, si mon livre peut les atteindre, m'importe plus que les louanges ou les imprécations de la *Pravda*.

En faveur de ceux-là, personne n'intervient. Les journaux de droite tout au plus se servent d'eux pour fronder un régime qu'ils exècrent ; ceux à qui l'idée de justice et de liberté tient à cœur, ceux qui combattent pour Thaelmann, les Barbusse, les Romain Rolland, se sont tus, se taisent ; et autour d'eux l'immense foule prolétarienne aveuglée.

Mais, lorsque je m'indigne, vous m'expliquez (et au nom de Marx encore !) que ce mal certain,

indéniable (je ne parle pas seulement des dépor-
tations, mais de la misère des ouvriers, de l'insuffisance des salaires ou de leur énormité, des
privilèges reconquis, du sournois rétablissement
des classes, de la disparition des Soviets, de l'évanouissement progressif de tout ce que 1917 avait
conquis), vous m'expliquez savamment que ce
mal est nécessaire, que, vous intellectuel et rompu
aux arguments (aux arguties) de la dialectique,
vous l'acceptez comme provisoire et devant mener
à un plus grand bien. Vous, communiste intelligent, vous acceptez de le connaître, ce mal ; mais
vous estimez qu'il vaut mieux le cacher à ceux qui,
moins intelligents que vous, pourraient s'en indi-
gner peut-être...

*

Que l'on tire parti de mes écrits, je ne peux
l'empêcher : et même lorsque je le pourrais, je ne
le désirerais point. Mais écrire quoi que ce soit en
vue du parti politique que l'on en pourra tirer,
non ; c'est affaire à d'autres. J'en avais averti mes
nouveaux amis communistes, dès le début de nos
relations : je ne serai jamais une tranquillisante
recrue, une recrue de tout repos.

Les « intellectuels » qui viennent au communisme doivent être considérés par le Parti comme

des « éléments instables » dont on peut se servir, mais dont il faut toujours se méfier, ai-je lu quelque part. Ah ! que cela est vrai ! Je l'ai dit et redit à Vaillant-Couturier, dans le temps ; mais il ne voulait rien entendre.

Il n'y a pas de parti qui tienne — je veux dire : qui me retienne — et qui me puisse empêcher de préférer, au Parti même, la vérité. Dès que le mensonge intervient, je suis mal à l'aise ; mon rôle est de le dénoncer. C'est à la vérité que je m'attache ; si le Parti la quitte, je quitte du même coup le Parti.

Je sais fort bien (et me l'avez-vous assez dit) que, « au point de vue marxiste », la *Vérité* n'existe pas ; dans l'absolu du moins ; qu'il n'y a de vérité que relative ; mais précisément c'est d'une vérité relative qu'il s'agit ici ; laquelle vous faussez. Et je crois que dans des questions si graves, c'est se tromper déjà que de chercher à tromper les autres. Car, ici, ceux que vous trompez, c'est ceux mêmes que vous prétendez servir : le peuple. On le sert mal en l'aveuglant.

Il importe de voir les choses telles qu'elles *sont* et non telles que l'on eût souhaité qu'elles fussent : L'U.R.S.S. n'est pas ce que nous espérions qu'elle serait, ce qu'elle avait promis d'être, ce qu'elle s'efforce encore de paraître ; elle a trahi tous nos espoirs. Si nous n'acceptons pas que ceux-ci retombent, il faut les reporter ailleurs.

Mais nous ne détournerons pas de toi nos regards, glorieuse et douloureuse Russie. Si d'abord tu nous servais d'exemple, à présent hélas ! tu nous montres dans quels sables une révolution peut s'enliser.

# APPENDICE

Ont été retranchées de cet Appendice quelques lettres qui ont, à présent, pris place à leur date, dans le volume *Littérature engagée*.

## Compagnons

### I

Par grande crainte de ne point suffire, j'avais eu soin de m'adjoindre cinq compagnons. C'était également par désir de les faire bénéficier eux aussi des extraordinaires facilités et agréments de ce voyage. Ravis d'avance, exaltés, à point, tout aussi fervents que moi, conquis par l'U.R.S.S. et par tout l'avenir promis, adeptes enthousiastes du régime ; très différents de moi pourtant, et par leur âge, tous beaucoup plus jeunes que moi, leur tempérament, leur formation, leur milieu ; très différents entre eux aussi ; et malgré cela nous nous entendions à merveille. Oui, je pensais que, pour bien voir et entendre, six paires d'yeux et d'oreilles ne seraient pas de trop ; et pour permettre les recoupements de réactions forcément différentes.

Ces compagnons, vous les connaissez : c'étaient

Jef Last, Schiffrin, Eugène Dabit, Pierre Herbart, Louis Guilloux.

De ces cinq compagnons, deux étaient inscrits au Parti depuis longtemps, membres très dévoués, très actifs. Deux parlaient le russe. De plus, Jef Last en était à son quatrième voyage en U.R.S.S. ; Pierre Herbart habitait Moscou depuis plus de six mois. Il dirigeait là-bas cette revue de propagande, qui paraît à la fois en quatre langues : la *Littérature internationale* ; ce qui lui avait permis d'être fort au courant des intrigues, très renseigné. En plus de cela, doué d'une perspicacité singulière. Il a certainement beaucoup aidé à m'avertir, je veux dire : éclairé bien des choses que je n'aurais sans doute pas comprises par moi-même. J'en donnerai un petit exemple :

Le lendemain de notre arrivée à Moscou (Pierre Herbart et moi, partis en avion de Paris où Herbart était revenu passer trois jours, nous avions précédé les autres compagnons, que le bateau soviétique devait amener dix jours plus tard à Leningrad) je reçus la visite de Boukharine. Boukharine était encore fort acclamé. La dernière fois qu'il avait paru, lors de je ne sais plus quelle assemblée, le public lui avait fait une ovation enthousiaste. Pourtant déjà se marquaient sournoisement quelques signes de défaveur et Pierre Herbart, pour faire passer dans sa revue un article de lui fort remarquable, s'était heurté à de grandes résistances. Tout cela était bon à savoir ; je ne l'appris qu'ensuite. Boukharine était venu seul ; mais il n'était pas plus tôt entré dans le salon particulier du fastueux appartement qu'on avait mis à ma disposition dans l'hôtel Métropole, qu'un prétendu journaliste s'introduisit et, se mêlant à notre conversation, rendit celle-ci impossible. Boukharine se leva presque aussitôt et, comme je l'accompagnais dans l'antichambre, me dit qu'il espérait bien me revoir.

Je le retrouvai trois jours après, aux funérailles de Gorki, ou plutôt : le jour précédent, où le peuple, durant des heures, fut admis à défiler devant le catafalque monumental et jonché de fleurs, sur lequel le corps de Gorki, non encore incinéré, reposait. Dans une salle voisine, beaucoup plus petite, se tenaient divers « responsables », dont Dimitrov que je ne connaissais pas encore et que j'allai saluer. Près de lui, Boukharine qui, lorsque j'eus quitté Dimitrov, me prit par le bras et, se penchant vers moi :

— Puis-je aller vous retrouver dans une heure, au Métropole ? Je désire vous parler.

Pierre Herbart, qui m'accompagnait, l'entendit et me dit alors à voix basse :

— Je parie qu'il n'y parviendra pas.

Et, en effet, Koltsov, qui avait vu Boukharine

s'approcher de moi, le prit aussitôt à part. Je ne
sais ce qu'il put lui dire, mais, durant tout le temps
de mon séjour à Moscou, je ne revis pas Boukharine.

Sans ce petit avertissement, je n'y aurais vu que
du feu. J'aurais cru à de l'indifférence, de la négligence ; pensé que Boukharine, après tout, ne
tenait pas tant que ça à me revoir, mais jamais
*qu'il n'avait pas pu.*

De Leningrad, où Pierre Herbart et moi avions
été accueillir Guilloux, Schiffrin, Last et Dabit à
leur descente de bateau, nous avions regagné Moscou, dans notre wagon spécial. Quelques jours
après, le même wagon nous menait à Ordjonikidze ; puis, traversant le Caucase, trois confortables autos nous déposèrent le surlendemain à
Tiflis. Nous arrivions dans la capitale de la Géorgie avec un jour de retard sur l'itinéraire prévu ;
ce qui fit que les poètes géorgiens, venus fort
aimablement à notre rencontre dans la montagne
jusqu'au poste frontière de leur pays, restèrent
vingt-quatre heures à nous attendre. Je profite de
l'occasion pour dire ici combien je reste sensible
à la bonne grâce de leur accueil, à leur exquise
courtoisie, aux prévenances constantes de leur
gentillesse. Si par quelque miracle ce livre-ci leur
parvient, qu'ils sachent que je leur garde, en dépit

de tout ce qu'on a pu leur dire, une profonde reconnaissance.


## II

Tiflis, qui d'abord nous avait grandement
déçus, nous séduisait de jour en jour davantage.
Nous nous y attardâmes deux semaines. C'est de
là que nous partîmes pour une randonnée de
quatre jours en Kakhétie, admirable et des plus
intéressantes à tous égards ; mais assez éprouvante
pour que Schiffrin et Guilloux, peu rompus aux
fatigues des voyages, déclarassent au retour qu'ils
en avaient leur suffisant de visions, d'émotions
diverses et désiraient rentrer en France.

Nous les quittâmes à regret, car leur compa-
gnonnage était charmant, mais nous félicitâmes
ensuite qu'ils n'eussent pas à endurer des fatigues
accrues par la chaleur grandissante.

Pourtant, cette seconde partie de notre voyage
fut de beaucoup la plus instructive. Moins tenus
que précédemment, moins circonvenus, nous en-
trâmes en contact plus direct avec le peuple ; et
c'est seulement à partir de Tiflis que nos yeux
vraiment s'ouvrirent.

Depuis vingt ans, disaient certains, d'autres disaient : depuis cinquante, on n'avait pas eu de

température aussi haute. Nous n'en étions du reste pas déprimés et rien ne nous faisait prévoir le mal subit qui devait emporter Dabit trois semaines plus tard. Je tiens à protester, et avec indignation, contre certaines insinuations au sujet de sa maladie. Erreur de diagnostic, disaient les moins malveillantes. Il est possible qu'on nomme *scarlatine*, en U.R.S.S., qu'on fasse rentrer sous ce nom, une série d'infections analogues dues à des streptocoques divers. Dabit n'eut pas ces crises de vomissements qui, je crois, caractérisent le début de la vraie scarlatine. Quelque temps après mon retour à Paris, j'eus l'occasion de voir, dans une revue médicale, un tableau statistique des maladies et m'étonnai de l'énorme proportion des « scarlatines » en U.R.S.S., aussi bien par rapport aux autres pays que par rapport aux autres maladies en U.R.S.S. ; c'est aussi là ce qui me fait supposer qu'en U.R.S.S. ce terme est plus élastique et accueillant que chez nous. Mais ceci dit (qui n'implique pas l'erreur de diagnostic — laquelle peut se faire aussi bien à Paris, j'en avais eu deux lamentables exemples avec Charles-Louis Philippe et Jacques Rivière, soignés d'abord l'un et l'autre comme pour une simple grippe et dont on ne reconnut la fièvre typhoïde que trop tard) j'affirme que Dabit fut entouré des soins les plus assidus, les plus constants, par trois des meilleurs docteurs de Sébastopol et par la camarade Bola, qui fit preuve ici encore d'un dévouement parfait.

Il me faut protester également contre une autre insinuation ayant trait aux *carnets* de Dabit. Ceux-ci, comme tous les papiers lui appartenant, furent renvoyés à la famille, par mon intermédiaire ; après être restés consignés quelque temps, il est vrai. Ils n'offraient du reste absolument rien dont se pût alarmer la censure. Dabit était extrêmement prudent. Il m'avait dit plus d'une fois qu'il se reposait sur moi pour parler[1], fort soucieux de

---

1. Jef Last et Pierre Herbart qui, tour à tour, partageaient sa chambre dans les derniers temps et avec qui il avait l'occasion de parler plus souvent encore et plus intimement qu'avec moi savaient cela. Et c'est là ce qui les a fait protester devant cette accusation que M. Pierre Scize lança contre moi (et qui, par la suite, fut reprise sur un ton très courtois par Friedmann), de m'être abusivement servi du nom de Dabit en lui dédiant mon livre, « reflet de ce que j'ai vécu et pensé près de lui, avec lui ».

Extrait d'un article de P. Herbart :

« Je voudrais faire part à Friedmann, — en réponse à sa note concernant la dédicace de *Retour de l'U.R.S.S.* à Eugène Dabit — d'une conversation que j'eus avec celui-ci à Sébastopol quelques jours avant sa mort.

« Il se montrait excessivement soucieux que Gide, de retour en France, exposât les craintes qu'il avait si souvent partagées avec lui durant le voyage : "Lui saura se faire entendre, disait-il. On comprendra que c'est en ami qu'il parle."

« Quelles que soient les idées que l'on puisse avoir sur ces sortes de dédicaces, aucune contestation ne me paraît possible sur

ne se laisser point engager dans des discussions qui risquassent de compromettre sa tranquillité, son travail. C'est à ce travail qu'il songeait presque uniquement dans les derniers jours, à ce roman dont il m'avait beaucoup parlé et qu'il se proposait de reprendre, de récrire complètement, à présent qu'il voyait mieux ce qu'il voulait qu'il fût ; et je pense qu'il n'eût à peu près rien conservé des cent pages qu'il en avait déjà écrites avant son départ.

---

le droit et même le devoir qu'a pu se reconnaître Gide d'associer le nom de notre ami à ses réflexions sur l'U.R.S.S. »

(Vendredi 29 janvier 1937.)

Et cette lettre de Jef Last :

Mon cher Friedmann,

Je suis tout étonné de lire dans votre article la note suivante :

« Mais Dabit n'eût-il pas, davantage que Gide, critiqué, complété ces impressions (il comptait prolonger son séjour en U.R.S.S., parlait d'y revenir) ? N'eût-il pas, mieux que Gide, pris conscience du glissement au-delà de leur valeur psychologique ? Eût-il accepté de donner à ces impressions (dont il m'a lui-même dit l'insuffisance, lors de notre rencontre en mer Noire) cette énorme résonance politique, et dans un pareil moment ?

« Ces questions peuvent être posées, et il suffisait qu'elles pussent l'être pour que je n'aie pas le droit de les taire. »

Ce qui ne me paraît pas très exact.

Déjà à Tiflis, Dabit commençait à se désintéresser du voyage d'une manière assez déconcertante. J'ai eu de nombreuses conversations avec lui, mais jamais il n'a exprimé le désir de rester plus longtemps en Union Soviétique ou d'y retourner.

— Je m'y remettrai, sitôt de retour, nous répétait-il. Et cette intime exigence le pressait au point qu'il parlait de rentrer seul tout aussitôt si nous devions nous attarder, comme il en était alors question, à Odessa puis à Kiev, sur le chemin du retour.

Dabit s'était montré, comme moi-même, comme nous tous, fort affecté par bien des choses, en dépit de tous les sujets de ravissement, car il avait espéré, tout comme nous, ne trouver en U.R.S.S. que de ces derniers. Sorti du peuple lui-même et profondément attaché, de cœur et d'esprit, à la cause prolétarienne, il était, d'autre part, de tempérament fort peu combatif, bien plus près de Sancho Pança que de Don Quichotte ; il s'était fait une sagesse à la Montaigne et soute-

---

Tout au contraire, il s'opposait obstinément à notre plan de prolonger le voyage en visitant Kiev. Il voulait retourner de suite à Moscou et de là, par avion, à Paris. Dabit exprimait à plusieurs reprises son désir de travailler paisiblement en un petit village de l'Espagne pour terminer son œuvre sur le Greco. Bien des choses lui déplaisaient en U.R.S.S. que nous constations tous avec regret, mais devant lesquelles nos réactions restaient très différentes. Dabit en parlait souvent avec Gide et, comme lui-même n'était pas d'un esprit combatif, il se reposait sur Gide pour parler. J'ose dire que le livre qu'a écrit Gide était bien celui que Dabit attendait et exigeait de lui.

Jef Last

nait qu'il tenait à la vie bien plus fort qu'aucun idéal, et qu'aucun idéal ne valait qu'on lui sacrifiât sa vie. Il se montrait fort angoissé des événements d'Espagne et son inquiétude se marquait même en ceci qu'il ne supportait pas qu'on pût un instant mettre en doute le triomphe des Gouvernementaux. Ce triomphe, il ne se contentait pas de le souhaiter et d'y croire : il avait un constant besoin de le tenir pour assuré. Mais il désapprouvait violemment Jef Last lorsque celui-ci parlait de partir pour l'Espagne, s'engager (comme il fit peu après) parmi les miliciens. Certain soir, à Sébastopol, la veille du dernier jour que nous devions passer ensemble, je le vis s'emporter vraiment, lui d'ordinaire si calme ; Jef Last ne venait-il pas de déclarer qu'il préférerait voir ses enfants mourir, plutôt que tomber sous une domination fasciste.

« C'est monstrueux ce que tu dis là », hurlait alors Dabit (et c'est la première fois que je l'entendais prendre ce ton de voix) en frappant du poing sur la table où, tous trois, nous venions d'achever de dîner. « Monstrueux ! Tu n'as pas le droit de sacrifier la vie des autres pour une idée ; pas même le droit de sacrifier la tienne propre. La vie est plus précieuse que tout. »

Il en dit bien plus long, devenu soudain d'une extraordinaire éloquence. Jef aussi, du reste : et je me contentais de les écouter, approuvant tour à tour l'un ou l'autre selon que l'un ou l'autre parlait ; ou plutôt, si j'admirais Jef davantage et la passion qui l'animait, c'est Dabit que j'approuvais surtout et son bon sens révolté. Surtout, je pensais qu'il était bon qu'il y eût dans l'humanité de l'un et de l'autre, bon que ceci tempérât cela. Mais j'intervins soudain lorsque Jef, répondant à Dabit, parla de « lâcheté », protestant que ce mot n'était pas de mise entre nous et que, s'il fallait souvent un grand courage pour aller se battre, il en fallait parfois un non moins grand pour déclarer qu'on ne se battrait pas.

En écrivant ceci, je pense soudain à Giono et à son *Refus d'obéissance*. Dabit aimait beaucoup Giono et, par certains côtés, lui ressemblait. Tous deux ont, avaient, à un haut degré, le goût et le « sens de la soupe » (ceux-là seuls qui l'ont également comprendront ce qu'il faut entendre par là[1]). Nous avions souvent parlé de Giono en Géorgie,

---

1. « Ils mentent. Ils mentent tous », nous disait X... à Tiflis en parlant des dirigeants soviétiques. Il n'y avait qu'Herbart et que moi pour l'entendre. « Ils ont perdu tout contact avec la vraie réalité. Ce sont tous des théoriciens, tous perdus dans les abstractions. » Sa voix tremblait d'émotion. Et enfin cette phrase, que d'abord je n'avais pas beaucoup remarquée, dont Herbart me fit souvenir plus tard, car il la trouvait admirable (elle l'était en effet) et la citait souvent : « Ils ont perdu le sens de la soupe. »

pensant que ce pays sauvage et plantureux était extraordinairement fait pour lui plaire ; pensant aussi qu'il aurait parfois beaucoup souffert, oui partout où le « sens de la soupe » va se perdant.

Ce n'est pas que Dabit se désintéressât précisément du voyage ; mais enfin il y entrait moins ou s'y donnait moins que nous ne faisions ; il se retirait de plus en plus souvent en lui-même, s'occupait à lire, ou à écrire, ou à fleureter[1]. Il lisait alors *Les Âmes mortes*, dans la traduction de Mongault, que j'avais emportée, et parfois m'en faisait admirer un passage. En particulier, quelques lignes des *Quatre Lettres* de Gogol, données en tête du second volume de son *Poème*, que je cite dans mon *Retour de l'U.R.S.S.*, et ces autres qui nous laissent douter si vraiment, ainsi qu'on le dit souvent, rien ou presque n'avait été fait pour le peuple au temps des tsars ; rien du moins dont on pût se targuer.

« Près de cent cinquante ans ont passé depuis que l'empereur Pierre Ier nous a dessillé les yeux, en nous initiant à la culture européenne, et nous a mis en main tous les moyens d'action... »

Depuis ce temps « le Gouvernement n'a cessé

---

1. « En moi quel désir de solitude et de silence ! » écrivait-il dans son carnet intime peu de jours avant sa mort.

d'agir : ce dont témoignent des volumes entiers
de règlements, décrets, ordonnances ; la multitude
de bâtiments édifiés, de livres édités, de fondations
de tous genres, scolaires, charitables, philanthropiques, sans compter *celles dont on ne trouvera pas
les pareilles parmi les institutions des gouvernements
étrangers* ».

Si bluff il y a, l'on voit qu'il ne date pas d'aujourd'hui.

## D'un carnet de route

Le toujours affable Koltsov se montre en veine de confidences. Je sais bien qu'il ne me dira rien qu'il ne croie opportun de me dire, mais il le fait de manière que je puisse me sentir flatté par sa confiance. Sur l'air de : à vous je n'ai rien à cacher, il commence :

— Vous ne sauriez imaginer l'étrange nouveauté des problèmes qui, devant nous, surgissent à chaque pas ; et pour lesquels il nous faut inventer des solutions nouvelles. Figurez-vous que maintenant les meilleurs ouvriers, les stakhanovistes, désertent en masse les usines.

— Comment expliquez-vous cela ?

— Oh ! c'est bien simple. Ils reçoivent d'énormes salaires, que, même s'ils le voulaient, ils ne parviendraient pas à dépenser ; car il n'y a encore, sur le marché, que très peu de choses à acheter. Et c'est même là, pour nous, un sujet de préoccupation très grave. Alors ils mettent de côté ; et

quand ils ont quelques milliers de roubles en réserve, ils partent en bande mener la grande vie heureuse sur notre Riviera. Et nous ne pouvons pas les
retenir. Comme ce sont les meilleurs ouvriers, ils
savent qu'on les reprendra toujours. Ils reviennent au bout d'un mois, de deux mois… enfin
quand leurs ressources sont à sec. On est bien
forcé de les réembaucher : on ne peut pas se passer d'eux.

— Cela doit bien vous gêner. Ils sont nombreux ?

— Des milliers. Remarquez que chaque ouvrier
a droit à des vacances payées. Ces vacances, on
les accorde en temps opportun, et pas toutes à la
fois, il va sans dire, pour ne pas nuire au travail
des usines. Mais ici c'est tout différent. Ici, c'est
eux qui paient, et les vacances qu'ils prennent ainsi
c'est à leur guise, quand ils veulent et tous à la fois.

Il rit doucement. Je me retiens de dire, mais
non pas de penser : si le mal était sérieux il n'en
parlerait pas ainsi. Mais c'est pour faire valoir,
sitôt ensuite, une nouvelle ingéniosité de Staline.
N'a-t-il pas imaginé de remettre en honneur la
coquetterie féminine, les attifements, la parure[1].

_____

1. Dans son numéro du 31 décembre 1936, la *Pravda* publie des lettres de kolkhoziennes concernant les questions ves-
timentaires. On y lit :

— Allons, camarades, soignez vos dames ! Fleurissez-les ! Faites pour elles de la dépense.

Ces derniers temps, quantité de nouveaux magasins se sont ouverts, et ce n'a pas été l'un de mes moindres étonnements en U.R.S.S., la quantité de « manucures » et de rencontrer de tous côtés (principalement sur la côte enchantée, il va sans dire) des femmes aux ongles rouges et fardées.

\*

— Combien recevez-vous par mois ? demande la camarade H... à la préposée au bureau des « soins de beauté » de l'hôtel X...

— Cent cinquante roubles.

— Vous êtes logée ?

— Non ; ni nourrie. Il faut compter vingt roubles au moins pour la chambre.

— Cela fait qu'il ne vous en reste plus que cent trente. Et pour la nourriture ?

— Oh ! je ne peux pas m'en tirer à moins de deux cents roubles.

— Mais alors, comment faites-vous ?

---

« Nous pouvons aussi nous habiller élégamment parce que nous avons du goût et que nous suivons la mode.

« Moi, je n'aime plus les jupes-cloches et les blouses-aéroplanes. Mais nous les portons faute de nouveaux modèles. *Nous avons de l'argent.* »

Souriant tristement :

— Eh, madame !... on s'arrange.

\*

Jef, à Sébastopol, s'est pris d'amitié pour un étudiant qui n'a rien de très remarquable, mais qui l'intéresse d'autant plus, précisément parce qu'il est semblable à quantité d'autres. Jef, par lui, peut se renseigner, et il nous renseigne à son tour.

X... est un fervent admirateur du régime. Il est plein de confiance et d'espoir. Comme étudiant de première année, il touche soixante roubles par mois. Il se réjouit de penser que l'an prochain il en touchera soixante-dix ; et quatre-vingts la troisième année. Il pourrait vivre dans une maison pour étudiants où les repas sont à un ou deux roubles ; mais il ne veut point quitter sa vieille mère, cuisinière non qualifiée qui gagne quatre-vingt-dix roubles par mois. Tous deux logent dans la même chambre qu'ils paient dix roubles par mois, et se nourrissent presque exclusivement de pain noir ; encore n'en mangent-ils pas à leur faim (quatre cents grammes par jour). Mais c'est un « aliment complet », dit-il ; et il n'a pas un mot de plainte. Volontiers, il amènerait une compagne dans cette pièce où ils logent à deux

déjà. Sa mère l'y invite et voudrait le voir marié.
Mais la nouvelle loi contre l'avortement le ter-
rifie.

— Songez donc, nous avons déjà tant de mal
à vivre ! S'il fallait en plus entretenir un enfant...
Oh ! je sais ce que vous allez me dire. Mais les
préservatifs sont introuvables ou de si mauvaise
qualité qu'on ne peut s'y fier. Et quant aux pré-
cautions, à la manière dont nous sommes installés, ça n'est pas facile de les prendre.

Puis son optimisme reprend le dessus et il
conclut joyeusement que, mal nourri comme il
l'est, mieux vaut l'abstinence.


S'il faut en croire certain docteur de là-bas,
l'U.R.S.S. est le pays où l'onanisme est le plus
généralement pratiqué.

*

Des constructions nouvelles sont à l'étude. N...,
l'architecte, soumet des plans d'appartements.

— Qu'est-ce que c'est que cet espace ?

— La chambre pour la bonne.

— La bonne ?... Vous savez pourtant bien qu'il
n'y en a plus.

Et comme, en théorie, il n'y a plus de bonne,
c'est une excellente raison pour faire coucher

celle-ci dans le couloir, ou la cuisine, ou n'importe où.

Quel aveu ce serait, de prévoir une chambre pour elle ! En U.R.S.S., s'il y a tout de même des domestiques, c'est tant pis pour eux.

À Moscou, celles qui viennent offrir leurs services pour cinquante roubles par mois sont presque toutes de pauvres filles, accourues de leur village dans l'espoir de trouver du travail en ville, dans une usine ou ailleurs. Elles se placent en attendant ; c'est une façon de faire la queue. La bonne des voisins de palier de mes amis H... est enceinte. Les voisins l'ont prise par grand-pitié. Elle couche dans un réduit où elle n'a pas la place de s'étendre. Quant à la nourriture...

Elle est venue implorer mes amis :

— Que Madame ne jette pas ses restes.

Elle les ramassait dans la poubelle.

*

Oh parbleu ! je ne prétends point que ces jugements officiels, ce façonnement de l'opinion, entraînent l'adhésion secrète de chacun. Certains noms, et en particulier celui d'Essenine, ne sont plus prononcés qu'à voix basse ; mais sont prononcés tout de même. Je devrais plutôt dire : sont

encore cités, mais à voix basse. Je connais fort mal
la poésie d'Essenine ; mais une petite aventure
que je vais raconter m'a donné grand désir de le
lire. Essenine s'est tué, comme Maïakovski.
Histoire sentimentale, dit-on. Il se peut. Libre à
nous d'imaginer quelque raison de suicide plus
profonde.

Or, certain soir, à Sotchi, après un excellent
repas, nous étions en veine de confidences. Les
vins et la vodka y aidaient. X... en particulier
avait bu comme un trou, devenait lyrique. Notre
guide laissait paraître quelque inquiétude. X...
allait parler trop... Ne venait-il pas de nous an-
noncer qu'il voulait nous réciter des vers d'Essenine ! Et la guide aussitôt s'interposait.

— Vous êtes complètement soûl. Vous ne
savez plus ce que vous dites. Taisez-vous...

Alors X..., très conscient et maître de lui malgré son ivresse, se taisait provisoirement ; puis
jouait de cette ivresse pour demander à la guide
de bien vouloir aller lui chercher un paquet de
cigarettes. Et sitôt que la guide s'était éloignée,
X... commençait de réciter un extraordinaire
poème qui se transmettait de bouche en bouche
depuis que l'*Imprimatur* lui avait été refusé. Ce
poème, Essenine l'avait écrit en réponse à un article blasphématoire.

— Quand tu t'élèves contre les popes, y disait

en substance Essenine, s'adressant à l'auteur de l'article, nous t'approuvons. Nous sommes avec toi lorsque tu te moques du ciel et de l'enfer, de la Sainte Vierge et du Bon Dieu. Mais quand tu parles du Christ, fais attention. Garde-toi d'oublier que Celui qui donna sa vie pour les hommes n'était pas avec les grands de la terre, mais avec les déshérités et les humbles, et trouvait sa plus grande gloire, alors qu'on le disait Fils de Dieu, à se laisser appeler « fils de l'Homme ».

Ce n'était pas seulement l'ivresse qui faisait trembler la voix de X... lorsqu'il récitait ces vers, et, après qu'il les eut dit, remplit de larmes son visage. Nous n'avions, tout le long de la soirée, dit que des fadaises... Non pourtant ; et en écrivant ceci je sens que je fais tort à X... aussi bien qu'à nous-mêmes. X... nous avait progressivement exaltés ; nous nous étions émerveillés au récit de ses prodigieuses aventures en Chine, de ses captivités successives, de ses évasions. On n'eût pu dire qu'il était beau ; mais une sorte de génie farouche animait ses traits ; sa voix à la fois rauque et chaude, lorsqu'il nous récita ces vers, avait pris une douceur extraordinaire, qui faisait le plus singulier contraste avec le cynisme et la rudesse de ses propos précédents. Il laissait découvrir en lui, semblait-il, des régions de tendresse secrète, toute une zone inexplorée qui soudain me paraissait la plus réelle et tout le reste n'était plus à mes yeux, cynisme et rudesse, qu'une couverture artificielle, protectrice de ce qu'il avait en lui de meilleur. Cette vision indiscrète ne dura qu'un instant. La guide nous rejoignit et la conversation reprit son train précédent, bruyante et vaine[1].

*

Ce n'est qu'au bout de sept heures de vis-à-vis, dans un wagon dur, que se décide à parler à mon amie, la camarade H..., ce jeune Russe qui, dès le début du voyage, me disait-elle, avait attiré ses regards et sa sympathie.

« Il ne devait avoir guère plus de trente ans, mais on le sentait usé déjà profondément par la vie. Que d'avances j'avais dû faire pour obtenir de lui plus que des réponses évasives aux questions que je lui posais ! Surtout j'avais eu soin de lui dire que je n'étais qu'une étrangère, qu'il n'avait rien à craindre de moi, que je n'irais rapporter à qui que ce soit ses paroles... Sa femme l'accompa-

---

1. J'ai demandé à quelques amis qui lisent le russe de rechercher pour moi ces vers d'Essenine que, sans doute, je cite très imparfaitement. Ils n'ont pu les retrouver ; ce qui me laisse douter si peut-être on ne les a pas supprimés dans les dernières éditions officielles. Ceci pourrait être vérifié. L'on me dit, au surplus, qu'il circule un grand nombre de poèmes apocryphes, attribués à Essenine.

gnait et un fils âgé de trois ans. J'appris qu'il avait laissé deux autres enfants à X…, par économie et par incertitude de ce qu'il allait trouver à Moscou.

« Cette femme avait dû être belle, mais semblait relever de maladie. À ma grande surprise je l'avais vue, à plusieurs reprises, donner le sein à cet enfant qui pourtant devait être depuis longtemps sevré. Le sein pendait comme une outre vide et je ne sais ce que l'enfant en pouvait tirer ; mais durant tout le long trajet il ne reçut pas d'autre nourriture. Ses parents paraissaient tous deux plus affamés que lui. Quand l'homme, enfin, commença de parler, la jeune femme laissa paraître une inquiétude indicible. Elle regarda de-ci, de-là, si quelque voisin ne pouvait entendre. Mais il n'y avait dans notre compartiment qu'un vieux pochard endormi et qu'une paysanne stupide. Et comme pour s'excuser :

« — Il parle toujours beaucoup trop, me dit-elle ; c'est ce qui nous a toujours perdus.

« Et lui me racontait leur vie : Tout avait été bien jusqu'à l'assassinat de Kirov. Puis, il ne savait quelle dénonciation l'avait rendu suspect. Comme il était fort bon ouvrier et que l'on n'avait rien à lui reprocher, on ne l'avait pas congédié tout de suite de l'usine où il travaillait. Mais il avait vu peu à peu se détourner de lui ses camarades, ses amis. Chacun craignait, en lui parlant,

de se compromettre. Enfin le directeur de l'usine
le fit appeler et, sans précisément le renvoyer, car
il n'avait aucun motif de le faire, lui *conseilla*
d'aller chercher du travail ailleurs. À partir de ce
jour, il avait erré, d'usine en usine, de ville en ville,
de plus en plus suspect, traqué, ne rencontrant
partout que méfiance, refusé, repoussé, privé de
tout appui, de tout secours ; n'obtenant rien pour
ses enfants non plus, et réduit à une atroce misère.

« — Voilà plus d'un an que cela dure, dit la
femme ; nous n'en pouvons plus. Depuis plus
d'un an, où que ce soit, on ne nous a jamais toléré
plus de quinze jours.

« — Et si encore, reprit l'homme, je pouvais
comprendre ce dont on m'accuse. Quelqu'un a
dû parler contre moi. Je ne sais pas qui. Je ne sais
pas ce qu'il a pu dire. Je ne sais qu'une chose, c'est
qu'on n'a rien à me reprocher.

« Alors il m'expliqua la résolution qu'il avait
prise d'aller à Moscou s'informer, se disculper s'il
était possible, ou achever de se perdre en protestant contre une suspicion immotivée. »

*

Il y a des paquets de cigarettes à quatre-vingts
kopecks, et même à soixante ; ce sont celles qu'on
appelle « prolétariennes », exécrables. Les « papy-

ros » que nous fumons, les seules que connaissent les étrangers (certaines sont nommées « intourist »), coûtent cinq ou six roubles la boîte de vingt. Il en est qui coûtent davantage.

Ne sachant où trouver un marchand de tabac (à Gori où nous nous arrêtons quelques heures) Pierre Herbart demande à l'ouvrier avec lequel il cause au bord du fleuve d'aller lui acheter un paquet de ces papyros.

— De combien ?

— De cinq roubles.

L'ouvrier, d'excellente humeur, rit en disant :

— Le salaire d'une journée.

*

M$^{me}$ X... fait un tour en campagne aux environs de Moscou en compagnie d'un « responsable » (c'est le nom qu'on donne là-bas aux autorités dirigeantes). Celui-ci affecte une grande familiarité avec tous les ouvriers qu'il rencontre : « J'aime qu'ils se sentent avec moi de plain-pied. Je leur parle comme à des camarades, à des frères ; et eux ne craignent jamais de me parler. »

On rencontre un terrassier ; et, comme une preuve à l'appui de ce qu'il vient de dire, le responsable :

— Eh bien, mon ami ; ça va bien ? Vous êtes content ?

Alors, l'autre :

— Vous me permettriez, camarade, de vous poser une question ?

— Mais faites donc, mon ami. Je suis ici pour vous répondre.

— Vous qui savez les choses, vous pourrez sans doute me renseigner. Quand ça sera-t-il que nous travaillerons selon nos forces et mangerons à notre faim ?

— Et qu'à répondu le responsable ? demandé-je à mon tour à M$^{me}$ X...

— Il lui a fait un cours de doctrine.

\*

Vers Batoum en auto. Mes compagnons admirent, des deux côtés de la route, les nouvelles plantations d'arbres qui devront, dans quelques années, l'ombrager. Pourquoi leur ferais-je remarquer que, tous ces arbres, il n'en est pas un seul qui ne soit mort ? Plantés à contretemps sans doute, je veux dire : en une saison qui ne pouvait favoriser leur reprise ; pour obéir, je suppose, à un ordre venu d'en haut qu'il importait d'exécuter sans se permettre des critiques. C'est à la nature de se plier, qu'il s'agisse d'arbres ou d'hommes.

\*

On élève ici (Soukhoum) grande abondance de singes en vue des greffes Voronov et de diverses expériences. Je voudrais savoir la provenance de ces animaux ; mais les renseignements sont ici aussi multiples et contradictoires que dans les colonies. Le grand nombre des esprits se complaît dans le vague et la redondance, en particulier la charmante camarade qui nous sert d'interprète et de guide. Du reste, rien ne l'embarrasse et elle fournit réponse à tout ; d'autant plus péremptoire que plus elle ignore ; mais elle ignore sans le savoir et me fait comprendre mieux que jamais ceci : que l'ignorance qui s'ignore invite aux grandes affirmations. L'esprit de ces gens est tapissé d'à-peu-près, de fausses fournitures, de similis…

— Peut-on savoir de quel pays viennent les singes que l'on élève ici ?

— Naturellement. Rien n'est plus facile.

(Elle interroge à son tour la personne qui nous accompagne.)

— La plupart de ces singes est née ici même. Oui, ils sont presque tous nés ici.

— Mais il n'y avait pas de singes dans le pays, nous disait-on. On a donc dû d'abord en faire venir.

— Naturellement.

— Alors, d'où les a-t-on fait venir ?

Et sans recourir à l'autre, avec une prompte assurance :

— D'un peu partout.

Notre charmante guide est d'une amabilité, d'un dévouement parfaits. Mais il y a ceci d'un peu fatigant : les renseignements qu'elle nous donne ne parviennent à la précision que dans l'erreur.

*

*De retour à Paris.*

— Où diable avez-vous vu que ces grands dirigeants soient à ce point des privilégiés ? me dit l'excellent C... qui revient de là-bas tout ébloui. J'ai beaucoup fréquenté K... si aimable et si simple ; il m'a fait visiter son appartement où je n'ai trouvé ni luxe, ni faste ; sa femme, à qui il m'a présenté, est charmante et aussi simple que lui...

— Laquelle ?

— Comment : laquelle ? Sa femme, enfin...

— Ah ! oui, la légitime... Vous ignorez qu'il en a trois. Et deux autres appartements, sans compter les facilités de villégiatures. Et trois autos, dont vous n'avez vu que la plus modeste, celle qui sert pour le ménage régulier...

— Est-il possible ?

— Pas seulement possible : cela est.

— Mais comment le parti tolère-t-il ? Comment Staline…

— Ne vous montrez donc pas si naïf. Ceux que Staline craint, ce sont les purs, ce sont les maigres.

# TÉMOIGNAGES

DR A. DENIER
LA TOUR DU PIN (ISÈRE)

4 décembre 1936.

Monsieur,

J'étais à Moscou le jour de l'enterrement de Gorki, j'ai entendu votre discours et j'en avais été peiné car je vous savais sincère et je craignais que tout votre séjour ne fût qu'une longue duperie. Je viens de lire *Retour d'U.R.S.S.* et je respire. Je suis allé travailler en Russie certaines questions de physique biologique, j'ai vécu librement avec des confrères, en dehors de tout officiel et de tout interprète, j'ai vécu cœur à cœur avec eux — et j'ai souffert. Vous avez traduit excellemment : le non-conformiste est exclu de la vie ; tous mes confrères — ceux qui ont du « jus dans le ventre » — emprisonnent en eux toute manifestation de penser ou d'écrire ; il faut subir la contrainte permanente même dans les gestes : mes amis de libre opinion, et j'en ai qui sont des praticiens, d'autres des professeurs connus, sont obligés d'avoir deux personnalités : l'extérieure, celle que l'on voit, qui parle, qui manifeste au-dehors ; puis l'autre, qu'ils cachent très profondément et qu'ils ne font connaître qu'après des journées d'intimité.

Respectueusement.

A. Denier.

### *Extrait d'une communication faite en octobre 1936 à la Faculté de Médecine.*

Qui peut être médecin en U.R.S.S. ? Les ouvriers, en allant suivre les cours à l'Institut, après le travail, ou bien les étudiants qui sont payés 110 roubles par mois. Ils sont logés en chambrées de 10 à 15.

On augmente ou on diminue leur rétribution suivant le résultat de leur examen. À la sortie de la Faculté ils sont envoyés dans les campagnes remplacer un aide-médecin ou un infirmier. Il y a environ 100 000 médecins actuellement ; il en faut 400 000, paraît-il.

Jusqu'à il y a deux ans, le médecin était payé 110 roubles par mois, somme tellement insuffisante que certains médecins se sont faits ouvriers techniciens bien mieux rétribués. Le recrutement était difficile, les femmes prédominaient. On s'est alors aperçu que, bien que le médecin ne produise rien dans le plan, il était nécessaire à l'État ; on a mis le salaire à 400 roubles. Puis on a élevé le niveau des études qui était celui des aides-médecins.

... Tous les médecins, sortis en 1930, 1931, 1932, 1933, ont des connaissances insuffisantes ; ils sont obligés de revenir six mois à la Faculté pour suivre des cours de perfectionnement.

... Ce temps de travail paraîtrait favorable, mais ce que je viens de dire est la théorie, car rares sont ceux qui font six heures. Habituellement, le salaire n'étant que de 400 roubles, insuffisant pour vivre, un médecin remplit deux ou trois fonctions afin d'avoir 800 à 1 200 roubles, car il faut se rendre compte des possibilités d'achat du rouble : un vêtement très ordinaire vaut 800 roubles ; de bons souliers 200 à 300 ; 1 kilo de pain 1,90 rouble ; 1 mètre de drap 100 roubles ; de plus, jusqu'en 1936, un mois de salaire était obligatoirement dû à l'État pour l'emprunt ; la seule chambre dans laquelle le médecin vit, lui et sa famille, servant de salle à manger, chambre à coucher, bibliothèque, cuisine, etc., coûte 50 roubles par mois. Heureux encore s'il n'a pas d'enfants.

Les conditions matérielles sont pénibles pour les confrères, mais c'est la contrainte morale qui est la plus odieuse. Il doit tenir compte de sa concierge, membre du G.P.U., il ne peut dire toute sa pensée à son collaborateur à l'hôpital et la maxime affichée chez nous, pendant la guerre : « Taisez-vous, méfiez-vous, des oreilles ennemies vous écoutent », est là-bas de toute actualité.

… Tel grand confrère, membre de l'Académie des Sciences, vient de rester deux ans en prison ; il était malade, disait-on aux étrangers. Tel autre s'est vu supprimer sa chaire et ses laboratoires pour avoir émis une opinion scientifique qui ne cadrait pas avec les théories communistes, et a été obligé d'écrire une lettre publique de rétractation comme Galilée, pour éviter la déportation. Pourquoi n'ai-je pas vu tel confrère de libre opinion que je devais voir, bien qu'il fût présent ? Mon télégramme lui est parvenu un mois après mon passage ; lorsque je suis allé le voir, il me fut dit qu'il était absent, alors qu'il était là.

\*

Paris, 29 novembre 1936.

Monsieur,

Lorsque je vous ai aperçu à Sotchi, j'ai tant craint que vous fussiez trompé, et qu'un esprit partisan — le plus terrible ennemi du progrès — vous fît louer l'état nouveau, que *Retour de l'U.R.S.S.* me procure un véritable plaisir.

Connaissant bien la langue russe, ayant vu par mes yeux, ouï par mes oreilles, ce que vous avez vu et entendu, j'y souscris grandement et vous suis reconnaissante de l'avoir osé dire.

En très modeste remerciement, veuillez me permettre de vous envoyer quelques notes que j'avais prises là-bas.

Dieu veuille que notre France sache tracer avec équilibre et sagesse sa route nouvelle.

X...

Pour la troisième fois, à trois ans de distance, je reviens de Russie.

Débordé par les bas-fonds et leur brutalité, le régime au début a laissé piétiner l'art, la culture, la sensibilité.

C'est la forme moderne des invasions barbares.

Vingt ans après la révolution, il existe toujours des wagons de 2ᵉ et 3ᵉ classe. Sur un grand bateau russe, le plus récemment construit, la proportion des passagers est de 75 % en 3ᵉ classe, 20 % en 2ᵉ, 5 % en 1ʳᵉ. Il en est de même pour la nourriture, les vêtements, les hôtels. Ceux qui peuvent les payer utilisent les meilleures places.

L'ouvrier travaille 40 heures en 5 jours sur 6. Il a 5 jours fériés par an et fait officiellement 400 heures de plus que l'ouvrier français qui ferait 40 heures. Mais les salaires sont si bas qu'il fait couramment 1 journée 1/2 ou 2 journées au lieu d'une, c'est-à-dire 12 à 16 heures en deux lieux différents.

Le travail aux pièces existe plus que jamais. Celui qui en est capable gagne davantage que son camarade qui l'envie parce qu'il est moins habile.

Quand le travail manque, l'ouvrier reste sans travail et sans salaire. L'État ne s'embarrasse pas de sentimentalité ; quand il a du travail il le donne à l'ouvrier qui doit le faire vite et bien, quand il n'en a plus il laisse l'ouvrier se débrouiller pour chercher un autre métier afin de ne pas mourir de faim.

La mesquinerie, l'envie restent partout les mêmes, l'ouvrier consciencieux et intelligent appelé « oudarnik » arrive à gagner plus que ses camarades et son congé payé peut atteindre un mois au lieu de deux semaines.

L'effort est généralement soutenu et récompensé, mais le favoritisme n'a pas perdu ses droits, et bien des mérites humbles, loin du regard central, restent complètement inconnus.

Certains qui sont rusés, ambitieux, très intelligents, ou bien apparentés, arrivent à se faire des situations extrêmement privilégiées. Les salaires varient de 150 à 5 000 roubles par mois. Quelques-uns gagnent beaucoup moins et d'autres beaucoup plus.

À 65 ans, le travailleur qui a 25 ans de services manuels reçoit une pension de 37 roubles par mois.

Ceux qui n'ont pas pu ou pas su faire des économies et qui ne veulent pas être à la charge de leurs enfants continuent à travailler : c'est le plus grand nombre.

La période de reconstruction du pays a créé une activité comparable à celle que nous eûmes après la guerre ; mais activité, surtout en Russie, ne signifie pas obligatoirement confort ni richesse.

Des heures supplémentaires sont faites partout car tous les objets sont d'un prix incroyablement élevé.

Quant aux chefs et sous-chefs d'équipes, ils reçoivent l'ordre d'exécuter en un temps donné tel ouvrage. Si leurs ouvriers ou leurs employés ne fournissent pas l'effort suffisant, ce sont eux-mêmes qui doivent donner le supplément de travail et faire 18 heures s'il le faut, car ils sont responsables de la tenue des hommes et du résultat obtenu.

Ce n'est pas toujours facile et leur situation est parfois très difficile entre le pouvoir central et la négligence de l'ouvrier.

Après trois avertissements préalables tout ouvrier peut être renvoyé du jour au lendemain sans indemnité, ni préavis.

Dans une usine que j'ai visitée, une banderole prévient les ouvriers qu'à partir du 1er septembre tous ceux qui n'arriveront pas à produire le nombre de pièces déterminées seront renvoyés sans discussion.

Pour son surcroît de travail, le chef ou sous-chef d'équipe ne reçoit aucun supplément certain de salaire. Il peut cependant espérer que son temps de vacances sera doublé et qu'il recevra une prime d'encouragement. Cela arrive souvent mais ce n'est pas une obligation pour l'État et peut dépendre d'un caprice.

Quand l'État a des difficultés de trésorerie, il augmente les impôts qui se perçoivent directement sans fraude possible, par retenue sur les salaires, ou bien il fait un emprunt forcé qui se perçoit de la même manière.

Afin de couvrir les frais généraux, il augmente le prix des marchandises. Un mètre de la soie la plus ordinaire coûte 165 francs. Et de ce commerçant, nouveau riche, gaspilleur de richesses, aucun n'ose se plaindre.

Le 8 août, il avait été décrété qu'un prélèvement serait fait sur tous les salaires afin de venir en aide aux Espagnols dans leur lutte contre le fascisme. C'est le droit de l'État. Personne n'a rien à dire et peu importe le trou fait dans le budget de l'individu.

En échange, l'État crée des écoles, des usines, des hôpitaux, des centres de puériculture, des sanatoria, des maisons de repos extérieurement admirables, pour les périodes de congé de certains travailleurs, mais où tous vivent en chambrée. Il réprime énergiquement les vols et les crimes par l'application de la peine de mort ou le bannissement, poursuit le relèvement moral, encourage la maternité, supprime partout la prostitution, répand l'instruction dans des proportions inconnues jusque-là et 80 % de la population russe porte à présent des souliers ou des pantoufles, alors que 80 % sous la Russie tsariste allait pieds nus.

La liberté de la presse est cependant complètement abolie. La partie criminelle, en tant qu'atteinte au droit commun, n'y tient aucune place. Par contre, le jugement d'un crime politique peut occuper la presse entière pendant des jours et des jours et l'opinion publique est supérieurement malaxée.

Le moindre haut fait des grands hommes soviétiques, aviateurs, hommes de science, politiciens, peut occuper les journaux pendant des semaines. C'est une sorte d'hypnose et Staline est leur Dieu.

Le profit retiré par la masse est-il assez grand pour excuser le labour sanglant de 1917 et malgré l'immense progrès réalisé et le splendide effort partout visible, quel nivellement réel en est-il résulté ?

Partout, déjà, de nouvelles différences de niveau remplacent les anciennes. Elles les remplaceront de plus en plus, sans trêve, aussi sûrement qu'une vague remplace une autre vague.

Je ne donne pas dix ans avant que toutes les anciennes distinctions sociales aient de nouveau réapparu.

\*

2 décembre 1936.

Cher Monsieur Gide,

Je viens de terminer la lecture de *Retour de l'U.R.S.S.* Depuis *mon* retour de ce pays-là, qui s'est produit après et sous l'impression des représailles à l'occasion de l'assassinat de Kirov en décembre 1934, j'avale tout témoignage nouveau sur la Russie soviétique. Maintenant, en lisant votre livre, après avoir lu, il y a quelques semaines, la lettre de Victor Serge à votre adresse, la lettre d'Ignazio Silone à Moscou, je suis heureux, tout en étant triste. Je suis heureux, parce que votre livre m'a affirmé une fois de plus la thèse fondamentale, qui, pour moi, est à la base du sens de la vie : il n'y a qu'une vérité. Moi, ancien militant communiste, fonctionnaire soviétique, qui ai travaillé plus de trois ans en U.R.S.S., dans la presse, à l'appareil de propagande, à l'inspection des entreprises, j'arrive, après d'âpres luttes intérieures, après les plus violents conflits de ma vie, aux mêmes conclusions que vous, venu d'un autre pays, d'un autre milieu ; et avec nous, il y a Serge, il y a Silone, il y a cette partie de l'humanité qui n'accepte pas ce « conformisme » dont votre livre parle.

Peut-être mes écrits sur l'U.R.S.S. vous intéresseront-ils. Je vous adresse par ce même courrier mon petit livre : *Die Wiederentdeckung Europas*, et une brochure : *Der Moskauer Prozess*. D'autre part je prie mes éditeurs, le Schweizer Spiegel Verlag à Zurich, de vous faire parvenir mon grand livre : *Abschied von Sowjetrussland*, paru il y a un an.

Avant de vous quitter, permettez-moi une question qui ne cesse pas de me préoccuper. C'est la fin de votre livre : le danger que la cause puisse être tenue responsable de ce qu'en U.R.S.S. il y a de déplorable ; ce danger me paraît immense ; il me paraît immense parce que la propagande soviétique ne trouve pas le courage que vous exigez de ne plus jouer sur les mots (page 67), de reconnaître « que l'esprit révolutionnaire n'est plus de mise ». Mais à défaut d'une telle attitude, d'innombrables révolutionnaires sincères continueront à identifier : U.R.S.S. et socialisme, la politique de Staline et les bases d'un ordre social plus juste.

Et cette erreur, dois-je le dire, paralysera, anéantira les meilleures forces du progrès humain. Que faire pour aider à éviter cette tragique conséquence ?

Je ne connais pas votre attitude au sujet du récent procès de Zinoviev-Kamenev, sur les fusillades en masse, sur la question des milliers de « contre-révolutionnaires » dans les camps de concentration de la mer Blanche, de Sibérie et du Turkestan. Là se trouvent avec leurs camarades russes aussi des étrangers, des membres du Schutzbund qui, il y a deux ans, ont lutté sur les barricades d'Ottakring pour un avenir meilleur, là se trouvent ceux qui gisaient autrefois dans les cellules de la forteresse Pierre-et-Paul qui sont au-dessous du niveau des eaux de la Néva. Dans les prisons soviétiques se trouve Zenzi Mühsam, veuve (quelle coïncidence significative et tragique) d'un homme qui, de son côté, trouva la mort dans un camp de concentration de Hitler. Là se trouvent, peut-être déjà morts, peut-être des cadavres encore vivants, non seulement nombre de mes amis, mais aussi des révolutionnaires que les socialistes communistes, que les amis du progrès de tous les camps connaissent bien.

Mais l'opinion publique, la « conscience humaine » ne semble plus exister. Quel faible écho cette tragique répétition du procès de Moscou, le procès de Novossibirsk, a-t-il trouvé : six êtres humains, fusillés, après un procès qui dura deux jours, sans témoins étrangers, avec les « aveux de rigueur » comme seule et ridicule « justification » !

On ne peut plus sauver les morts. Mais on peut empêcher que d'autres meurent d'une façon pareille. Et on peut rendre à la vie ceux qui, aux bords de la mer Glaciale, dans les immenses toundras de la Sibérie, dans les caves de la Guépéou à la fameuse Loubianska, respirent encore.

Moi, je lutte de toutes mes forces. Mais mes forces sont limitées. Mes appels n'arrivent qu'à un nombre restreint d'oreilles. Ils ne parviennent pas à briser les murs des prisons.

Mais vous, on vous connaît. Et ceux qui commettent, au nom de la plus grande idée de l'humanité, ces injustices tragiques n'oseront pas passer outre à un appel que vous lancerez.

On a libéré Ossietzky, victime de Hitler.

Aidez à libérer les victimes de Staline !

Permettez-moi de vous serrer la main.

A. Rudolf.

\*

5 novembre 1936.

Monsieur,

Je viens de lire avec une émotion reconnaissante les pages de vous que publie *Vendredi* et je me permets de vous l'écrire. Vous avez droit à la gratitude des hommes pour qui la Révolution, c'est avant tout la justice sociale et la dignité de tous les êtres humains. Je sais combien il est difficile aux écrivains qui abordent à cette terre inconnue qu'est pour eux la Révolution d'oser continuer à voir la vérité et d'oser l'exprimer à voix haute quand ils l'ont vue. Mais je sais aussi que le « désir de demeurer constant avec soi-même » n'est jamais réellement satisfait que par une sincérité totale. Et ce n'est jamais cette sincérité, monsieur Gide, qui nuit à la cause ouvrière ; ce sont les ménagements et les accommodements.

Je relis encore vos lignes et je songe que sans doute vous comprendrez maintenant ce qu'ont pu éprouver les hommes qui ont défendu la Révolution d'octobre dès sa première heure, qui l'ont reconnue dès lors parce qu'elle était la suite de leur lutte contre la guerre, qui lui ont donné tout ce qu'ils pouvaient donner d'eux-mêmes et qui l'ont vue peu à peu (non depuis des mois, mais depuis la mort de Lénine) subir la contamination du vieux monde et, pour durer, compromettre peut-être ses véritables raisons d'être…

Marcel Martinet.

*

Paris, 25 novembre 1936.

Sur la question de l'opportunité de critiques contre l'U.R.S.S., je réponds oui.

Il faut analyser l'expérience révolutionnaire russe, et au besoin la critiquer, ainsi que Lénine le demandait lui-même aux communistes des autres pays. Mais où est ce temps ? Un communiste ne peut se refuser à l'analyse des réalités, ce serait nier le marxisme. Les communistes, précisément parce qu'ils représentent l'avenir du mouvement ouvrier, n'ont pas le droit, sous prétexte de ne pas décourager le prolétariat, de lui dissimuler les erreurs d'une expérience révolutionnaire. Au contraire, leur devoir, leur tâche, est d'analyser le chemin suivi par la Révolution russe : surtout en France, où la maturité politique de la classe ouvrière lui permet de comprendre qu'on se trompe, mais non qu'on la trompe. Cette analyse prouvera que le socialisme n'est pas réalisé en U.R.S.S. mais elle montrera aussi que les *luttes*, les *conquêtes* et les *conditions* révolutionnaires de celle-ci sont pour le prolétariat de précieux enseignements et encouragements en vue de ses luttes futures. Loin de faire le jeu de la bourgeoisie, une telle attitude continue à éclaircir la conscience prolétarienne, à fortifier le caractère révolutionnaire de sa lutte, en dissipant de dangereuses illusions et en le gardant contre un optimisme exagéré.

Par rapport à l'économie des pays capitalistes, celle de l'Union soviétique représente un progrès énorme, mais il ne faut pas perdre de vue qu'elle contient des *germes capitalistes*, le marché libre et l'inégalité des salaires avec toutes leurs conséquences.

J. Sen.

# RETOUR DE L'U.R.S.S.

# RETOUCHES À MON « RETOUR DE L'U.R.S.S. »

# DU MÊME AUTEUR

*Aux Éditions Gallimard*

*Poésies*

LES POÉSIES D'ANDRÉ WALTER. *En frontispice portrait de l'auteur par Marie Laurencin.*

LES CAHIERS ET LES POÉSIES D'ANDRÉ WAL-TER («Poésie/Gallimard». Édition augmentée de fragments inédits du Journal. Édition de Claude Martin).

LES NOURRITURES TERRESTRES.

LES NOUVELLES NOURRITURES.

LES NOURRITURES TERRESTRES *suivi de* LES NOUVELLES NOURRITURES («Folio», n° 117).

AMYNTAS («Folio», n° 2581).

*Soties*

LES CAVES DU VATICAN («Folio», n° 34).

LE PROMÉTHÉE MAL ENCHAÎNÉ.

PALUDES («Folio», n° 436).

*Théâtre*

LES CAVES DU VATICAN. Farce en trois actes et dix-neuf tableaux tirée de la sotie. Édition de 1950.

SAÜL.

LE ROI CANDAULE.

ŒDIPE.

PERSÉPHONE.

THÉÂTRE : Saül - Le Roi Candaule - Œdipe - Perséphone - Le treizième Arbre.

LE PROCÈS, en collaboration avec Jean-Louis Barrault d'après le roman de Kafka.

*Récits*

ISABELLE («Folio», n° 144).

LA TENTATIVE AMOUREUSE OU LE TRAITÉ DU VAIN DÉSIR.

LE RETOUR DE L'ENFANT PRODIGUE *précédé de* LE TRAITÉ DU NARCISSE, *de* LA TENTATIVE AMOUREUSE, *d'*EL HADJ, *de* PHILOCTÈTE *et de* BETHSABÉ («Folio», n° 1044).

LE RETOUR DE L'ENFANT PRODIGUE.

LA SYMPHONIE PASTORALE («Folio», n° 18; «Folio Plus», n° 34, avec un dossier réalisé par Pierre Bourgeois; «Foliothèque», n° 11, commentaire et dossier par Marc Dambre; «Folioplus classiques, n° 150, dossier et notes réalisés par Lucien Giraudo, lecture d'image par Ferrante Ferranti).

LE VOYAGE D'URIEN («L'Imaginaire», n° 474).

L'ÉCOLE DES FEMMES.

L'ÉCOLE DES FEMMES *suivi de* ROBERT *et de* GENEVIÈVE («Folio», n° 339).

ROBERT. Supplément à *L'École des femmes.*

GENEVIÈVE.

THÉSÉE («Folio», n° 1334).

LE RAMIER. *Avant-propos de Catherine Gide. Préface de Jean-Claude Perrier. Postface de David H. Walker* («Folio», n° 4113).

*Roman*

LES FAUX-MONNAYEURS («Folio», nº 879; «Folio Plus», nº 26, avec un dossier réalisé par Michel Domon; «Foliothèque», nº 6, commentaire et dossier réalisés par Pierre Chartier; «Folioplus classiques», nº 120, dossier et notes réalisés par Frédéric Maget, lecture d'image par Agnès Verlet).

*Divers*

SOUVENIRS DE LA COUR D'ASSISES («Folio 2 €», nº 4842).

MORCEAUX CHOISIS.

CORYDON («Folio», nº 2235).

INCIDENCES.

SI LE GRAIN NE MEURT («Folio», nº 875).

JOURNAL DES FAUX-MONNAYEURS («L'Imaginaire», nº 331).

VOYAGE AU CONGO. Carnets de route.

LE RETOUR DU TCHAD.

VOYAGE AU CONGO. Carnets de route *suivi de* LE RETOUR DU TCHAD («Folio», nº 2731).

L'AFFAIRE REDUREAU *suivi de* FAITS DIVERS.

LA SÉQUESTRÉE DE POITIERS.

DIVERS : Caractères - Un Esprit non prévenu - Dictées - Lettres.

PAGES DE JOURNAL (1929-1935).

NOUVELLES PAGES DE JOURNAL (1932-1935).

RETOUR DE L'U.R.S.S.

RETOUCHES À MON «RETOUR DE L'U.R.S.S.».

RETOUR DE L'U.R.S.S. *suivi de* RETOUCHES À MON «RETOUR DE L'U.R.S.S.» («Folio», nº 4984).

JOURNAL (1889-1939).

DÉCOUVRONS HENRI MICHAUX.

INTERVIEWS IMAGINAIRES.

JOURNAL (1939-1942).

JOURNAL (1942-1949).

AINSI SOIT-IL OU LES JEUX SONT FAITS («L'Imaginaire», n° 430. *Nouvelle édition réalisée par Martine Sagaert*).

LITTÉRATURE ENGAGÉE. *Textes réunis et présentés par Yvonne Davet.*

ŒUVRES COMPLÈTES (15 volumes).

NE JUGEZ PAS : Souvenirs de la cour d'Assises - L'Affaire Redureau - La Séquestrée de Poitiers.

LA SÉQUESTRÉE DE POITIERS *suivi de* L'AFFAIRE REDUREAU. Nouvelle édition («Folio», n° 977).

DOSTOÏEVSKI. Articles et Causeries.

VOYAGE AU CONGO - LE RETOUR DU TCHAD - RETOUR DE L'U.R.S.S. - RETOUCHES À MON «RETOUR DE L'U.R.S.S.» - CARNETS D'ÉGYPTE («Biblos»).

CD-Rom (En collaboration André Gide Éditions Project/Université de Sheffield). Édition génétique des «CAVES DU VATICAN» d'André Gide. *Conçu, élaboré et présenté par Alain Goulet. Réalisation éditoriale par Pascal Mercier.*

NOTES SUR CHOPIN. *Avant-propos de Michaël Levinas.*

*Voir aussi*

Collectif, LE CENTENAIRE. *Avant-propos de Claude Martin.*

Collectif, ANDRÉ GIDE ET LA TENTATION DE LA MODERNITÉ. Actes du colloque international de

Mulhouse (25-27 octobre 2001), *réunis par Robert Kopp et Peter Schnyder* («Les Cahiers de la N.R.F.»).

*Correspondance*

CORRESPONDANCE AVEC FRANCIS JAMMES (1893-1938). *Préface et notes de Robert Mallet.*

CORRESPONDANCE AVEC PAUL CLAUDEL (1899-1926). *Préface et notes de Robert Mallet.*

CORRESPONDANCE AVEC PAUL VALÉRY (1890-1942). *Préface et notes de Robert Mallet.*

CORRESPONDANCE AVEC ANDRÉ SUARÈS (1908-1920). *Préface et notes de Sidney D. Braun.*

CORRESPONDANCE AVEC FRANÇOIS MAURIAC (1912-1950). *Introduction et notes par Jacqueline Morton.*

CORRESPONDANCE AVEC ROGER MARTIN DU GARD, I (1913-1934) et II (1935-1951). *Introduction par Jean Delay.*

CORRESPONDANCE AVEC HENRI GHÉON (1897-1944), I et II. *Édition de Jean Tipy ; introduction et notes d'Anne-Marie Moulènes et Jean Tipy.*

CORRESPONDANCE AVEC JACQUES-ÉMILE BLANCHE (1892-1939). *Présentation et notes de Georges-Paul Collet.*

CORRESPONDANCE AVEC DOROTHY BUSSY. *Édition de Jean Lambert et notes de Richard Tedeschi.*

    I. Juin 1918-décembre 1924.

    II. Janvier 1925-novembre 1936.

    III. Janvier 1937-janvier 1951.

CORRESPONDANCE AVEC JACQUES COPEAU. *Édition établie et annotée par Jean Claude. Introduction de Claude Sicard.*

I. Décembre 1902-mars 1913.

II. Mars 1913-octobre 1949.

CORRESPONDANCE AVEC JEAN SCHLUMBERGER (1901-1950). *Édition établie par Pascal Mercier et Peter Fawcett.*

CORRESPONDANCE AVEC SA MÈRE (1880-1895). *Édition de Claude Martin. Préface d'Henri Thomas.*

CORRESPONDANCE AVEC VALERY LARBAUD (1905-1938). *Édition et introduction de Françoise Lioure.*

CORRESPONDANCE AVEC JEAN PAULHAN (1918-1951). *Édition établie et annotée par Frédéric Grover et Pierrette Schartenberg-Winter. Préface de Dominique Aury.*

CORRESPONDANCE AVEC JACQUES RIVIÈRE (1909-1925). *Édition établie, présentée et annotée par Pierre Gaulmyn et Alain Rivière.*

CORRESPONDANCE AVEC ÉLIE ALLÉGRET (1886-1896), L'ENFANCE DE L'ART. *Édition établie, présentée et annotée par Daniel Durosay.*

CORRESPONDANCE AVEC ALINE MAYRISCH (1903-1946). *Édition établie et annotée par Pierre Masson et Cornel Meder. Introduction de Pierre Masson.*

CORRESPONDANCE AVEC JACQUES SCHIFFRIN (1922-1950). *Édition établie par Alban Cerisier. Préface d'André Schiffrin.*

CORRESPONDANCE À TROIS VOIX (1888-1920). ANDRÉ GIDE, PIERRE LOUŸS, PAUL VALÉRY. *Édition de Peter Fawcett et Pascal Mercier. Préface de Pascal Mercier.*

*Dans la «Bibliothèque de la Pléiade»*

JOURNAL, I (1887-1925). *Nouvelle édition établie, présentée et annotée par Éric Marty (1996).*

JOURNAL, II (1926-1950). *Nouvelle édition établie, présentée et annotée par Martine Sagaert (1997).*

ANTHOLOGIE DE LA POÉSIE FRANÇAISE. *Édition d'André Gide.*

ROMANS, RÉCITS ET SOTIES - ŒUVRES LYRIQUES. *Introduction de Maurice Nadeau, notices par Jean-Jacques Thierry et Yvonne Davet.*

ESSAIS CRITIQUES. *Édition présentée, établie et annotée par Pierre Masson.*

SOUVENIRS ET VOYAGES. *Édition de Pierre Masson avec la collaboration de Daniel Durosay et Martine Sagaert.*

ROMANS ET RÉCITS, I et II. Œuvres lyriques et dramatiques. *Édition publiée sous la direction de Pierre Masson.*

*Chez d'autres éditeurs*

ESSAI SUR MONTAIGNE.

NUMQUID ET TU... ?

L'IMMORALISTE («Folio», n° 229).

LA PORTE ÉTROITE («Folio», n° 210; «La Bibliothèque Gallimard», n° 50, *accompagnement critique par Marie-Claude Harder-Smillion*).

PRÉTEXTES.

NOUVEAUX PRÉTEXTES.

PRÉTEXTES *suivi de* NOUVEAUX PRÉTEXTES.

OSCAR WILDE. In Memoriam - De Profundis.

UN ESPRIT NON PRÉVENU.

FEUILLETS D'AUTOMNE, précédé de quelques écrits («Folio», n° 1245).